KB018616

책 선물은 사랑하는 마음을 전할 기회입니다.
그래서 특별하고도 어렵습니다.

지금 나는 이 책을 _____에게 드립니다.
왜냐하면, 세상의 그 어떤 명언보다 훨씬 가치 있는
당신만의 생각들을 발견하길 바라기 때문입니다.

왜냐하면, _____

_____

_____

AGIR ET PENSER COMME LE PETIT PRINCE

by Stéphane Garnier

ⓒ Éditions de l'Opportun 2020

Published by special arrangement with Les Éditions de l'Opportun in
conjunction with their duly appointed agent 2 Seas Literary Agency
and co-agent AMO Agency

Korean translation copyright ⓒ 2021 Mirbook Company

어린 왕자가 읽어주는 내 마음

스테판 가르니에 지음 ★ 홍정인 옮김

Themodern

어린 왕자가 나에게 말했다

생텍쥐페리의 《어린 왕자》는 '어른을 위한 동화'를 넘어서, '현대에 만들어진 신화'에 가깝다. 정말 많은 사람들이 숨은 뜻들을 읽어내려고 애쓴다. 글 속에 녹아 있는 뜻깊은 상징과 의미를 찾아 해석하고 있고, 현재까지 꽤나 상이하고 다양한 해석들이 나왔다.

나도 《어린 왕자》 해독가의 한 사람인데, 특히 '어린 왕자'라는 존재에게 호기심을 느꼈다. 말과 질문, 품는 의구심, 지키려는 꿈과 가치, 결정과 행동…… 그 아이가 '삶에 던지는 시선, 질문'들이 나와 무척이나 다른데, 묘하게 친숙했다.

나는 한동안 이 짧은 동화에 붙들려서 그 이유를 탐색했다.

더 나아가 이 작은 소년이 나뿐만 아니라 어떻게 시대, 나이, 문화, 언어를 뛰어넘어 마법처럼 모든 사람들을 꿈꾸게 만들었는지 간파해내고 싶었다.

그렇게 《어린 왕자》를 반복해서 읽다가, 깨달았다. 어린 왕자의 목소리는 내 안에서 울려나오고 있었다! 이 소년의 입을 통해 어린 시절의 내 마음이, 까맣게 잊고 있던 순수하고 진실했던 시절의 목소리가, 진짜 내 꿈이 흘러나오고 있었다!

살면서 중요한 무언가를 영영 잃어버린 것 같던 상실감이 사라졌다. '진짜 나'와 다시 대화하기 위해서, 나를 더 사랑하기 위해서 오늘도 나는 《어린 왕자》를 펴서 읽는다.

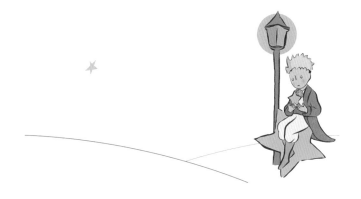

진짜 내 마음을 되찾기 위한 첫 단계로

과거의 소망들을 솔직하게 적어보자.

그 소중했던 소망을 망각에 묻어두지 말고.

갑자기 쓰려니 아무 생각이 안 난다고?

그렇다면 바로 어제의 소망부터 시작해도 좋다.

'어제…… 내가 간절히 원했던 게 뭐였더라?'

아, 단 하루가 지났을 뿐인데 벌써 희미해져서 놀랐는가?

내 마음은 내가 외면하면 그렇게 쉽게 잊힌다.

그러니 더 늦기 전에 하나도 빠짐없이 적어보라.

"나의 소망은……."

차례

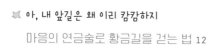

✿ 아, 내 앞길은 왜 이리 캄캄하지 ✿

마음의 연금술로 황금길을 걷는 법

'눈에 보이는 건 껍질일 뿐이야. 가장 중요한 건 눈에 보이지 않는 거야. (…) 어린 왕자를 보며 이렇게나 감동받는 건, 꽃 한 송이에 대한 그의 변치 않는 마음 때문이야. 자는 동안에도 그의 안에서 등불처럼 빛나고 있는 장미의 형상 때문이야.'

나는 어린 왕자가 더더욱 깨어지기 쉬운 존재라는 생각을 했다. 이 등불을 보호해주어야 한다. 바람이 한번만 불어도 꺼져버릴 수 있다…….

언제 처음 《어린 왕자》를 읽었더라? 잘 기억 나지 않는다. 확실히 읽긴 읽었다. 뭔가 마음이 저릿한 느낌까지 들었던 것 같은데, 왜 이렇게 기억이 뿌옇지? 내 머릿속 어딘가에 남아 있긴 한 걸까?

처음이라…….

그러고 보니, 더 어린 시절은 어땠더라?

감정과 이성을 구분하지 못하던 때.

'현실'이라 불리는 어른의 세계에 발을 들이기 이전.

어느새 아득히 잊고 있던 '삶의 모든 첫 순간들'.

어른도 한때는 어린이였다. 어른들은 대부분 이 사실을 기억하지 못한다.

《어린 왕자》는 이렇게 시작한다. 너무 뻔한 말이네…… 하고 중얼거리다가, 갑자기 또렷이 떠올랐다. 내가 처음 어린 왕자를 만났던 순간이. 어린 왕자가 '나'임을 깨달았던 순간이.

사실은 누가 봐도, 어른들의 질책하는 시선 때문에 서서히, 그러다가 어느새 까마득히, 진심을 가슴속에 묻고 소통을 포기하고 살아가는 비행사가 나에 가깝다. 하지만 그 이전의 나는, '어른들은 참 이상해!' 하는 시선으로 하나하나 세상과의 괴리를 발견해가는 어린 왕자였다.

그런데 어린 왕자는 위험을 감수하면서까지 세상과 타협하지 않고 자신의 별을 향해, 꿈을 향해, 소행성 B612로 돌아간다. 나는 세상과 타협해서 그럭저럭 무난한 어른이 되었다. 잘못된 선택이었을까? 가끔 내 안에서 묻힌 어린 왕자의 목소리가 웅웅거렸지만, 애써 억누르며 이 길에 집중했다.

결코 쉽지 않았다. 무엇보다도 이 길에 들어선 이후로 쉼 없이 앞으로 걸었다. 멈출 수도, 되돌아갈 수도, 포기할 수도 없었다. 첫발을 내디딜 때는 분명히 나무, 꽃, 새, 언덕으로 둘러싸인 예쁜 길이었다. 그런데 걷다 보니 야트막한 담이 생기더니, 곧 울타리가 나타났고 점점 높아졌다. 울타리가 끝난 지점부터는 벽이다. 벽도 벽돌이 한 층씩 더해지며 까마득해지고,

담 바깥으로 나무며 엉겅퀴가 울창하다. 햇빛이 양옆의 담벼락과 빽빽한 나무들로 가로막혀 앞길이 온통 어둡고 춥다. 몸에서 온기가 빠져나가고 걸음을 내딛기가 조심스럽다. 바깥은 아예 안 보인다.

정말 부지런히 걸어왔는데, 가도 가도 힘들고 조심스러운 전진뿐이다. 분명히 길 위에 있는데 길이 안 보인다. 이쯤되니 속 편하게 어린 시절의 추억이니 꿈이니 떠올릴 겨를이 없다. 딱딱 맞아떨어지게, 명료하고 논리적이고 구체적이고 합리적으로 계산해서 안심하고 싶다. 쉬고 싶다. 예수님의 제자인 토마스 성인의 말이 떠오른다. "나는 내가 보는 것만을 믿는다."

아, 지금 난 정확히 어린 왕자의 세상과 대척점에 와 버렸다! 마음껏 상상해도 되는 세상이 사라져버렸다!

그런데 《어린 왕자》가 연금술의 마법의 돌처럼 작동하는 걸 느낀다. 캄캄한 돌담(내 영혼)에 닿자, 검은 담벼락이 황금빛으로 바뀌어 반짝이기 시작한다. 같은 길이지만 더 이상 고갈되는 기분이 아니다. 이 여정이 더 밝고 따뜻하고 안전해졌다.

아무리 착실히 걸어도 목적지가 안 보여서 막막했는데, 어린 왕자가 빛을 비춰주었다.

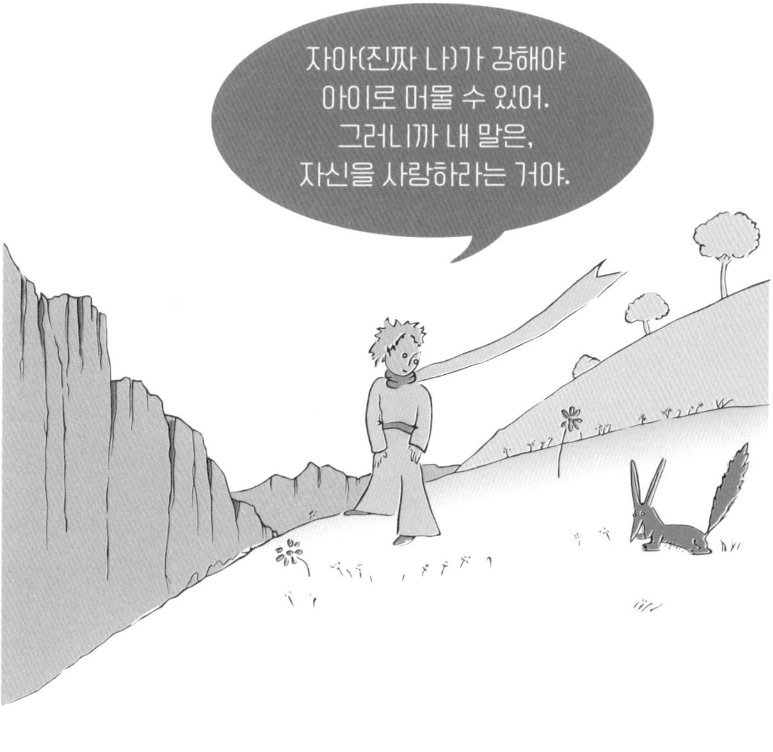
자아(진짜 나)가 강해야
아이로 머물 수 있어.
그러니까 내 말은,
자신을 사랑하라는 거야.

색안경을 쓴 채로
생생한 초록색을 느낄 수 있을까?

나는 정글 모험담을 열심히 읽고 궁리한 다음, 색연필을 들어 내 인생 첫 그림을 완성시켰다. 나는 내 1호 그림을 어른들에게 보여주고 무섭지 않은지 물어보았다.

어른들은 대답했다. "모자가 왜 무섭다는 거니?"

내가 그린 건 모자가 아니었다.

코끼리를 소화시키고 있는 보아뱀이었다.

거슬러 올라간 기억의 골목길 끝에서 맞닥 뜨린 장면. 나는 친구들과 베노스트Beynost의 우리 동네 시청 광장에서 정신없이 전쟁 놀이를 하며 놀고 있었다. 신부님이 교리문답 수업 시간이라고 외치는 소리가 들렸다. 얼른 교실로 뛰어들어가며 마음속에 수만 가지 의문이 맴돌았는데, 특히 한 질문이 집요하게 나를 괴롭혔다.

수업을 마치는 종이 울렸다. 다시 전투에 나설 시간이었다. 친구들이 우당탕 교실을 나섰다. 나도 얼른 뒤따라 나가다가 문득 신부님에게 고개를 돌려 물었다.

"신이 모든 걸 창조했다고 하셨죠? 이 세상 전부를요?"

"그렇단다."

"지구도요? 우주도요?"

"물론이지."

"그럼 우주 다음은요? 무엇이 있나요?"

신부님은 머뭇거리다가 입을 다물었다. 나는 오늘도 여전히 그 대답을 기다리고 있다.

어린 왕자(진짜 나)를 찾기 위해, 나는 우선 안경을 벗었다. 더 잘 보려고 끼었던 안경이 이 세상, 사람들, 주위 사물과 상황들을 전부 왜곡시키고 있었던 걸 뒤늦게 깨달았기 때문이다. 맨눈으로 바라보니 그간 배웠던 것들이, 전부 가짜는 아니지만, 최소한 절반쯤은 진실이 아니었다.

사람은 시간이 흐른 만큼이 아니라 "영혼이 자란 크기만큼 자란다." 개념과 지식의 갯수를 늘린다고 세상을 더 잘 이해하는 게 아니다. 삶에 대한 예민하고 내밀한 지식은 지독히 더디게 자란다. 그런데 우리는 키가 커가면서 지식도 따라서 높아지겠거니, 조금씩 지혜의 하늘과 별에 다가가고 있겠거니 착각한다. 천만에! 사실은, 별에 닿을 가망성은 거의 없이 땅(현실)에서만 점점 멀어지는 것이다.

아, 성장하며 지혜와 지식을 얻은 줄 알았는데, 돌이켜 보니 어린 시절 알던 것마저도 잊어버려서 아주 어리석다. 어린 시절의 나는 선과 악, 흑과 백, 웃음과 눈물을 정확히 구분했다.

어중간한 건 없었다. 그런데 자라면서 점차 호기심(의심)들이 풀리지 않고 혼란과 타협에 머물며 온통 회색 세상이 되어버렸다. 물론 그러한 적응도 필요하지만, 문제는 더 이상 선악을 정확히 보려 하지 않는 점이었다! 그러다 보니 악을 설명하고 합리화하고 변호하고 이해하고 감내하려 한다.

아직 색을 띠더라도, 내 삶에 맞는 색감인지도 중요하다. 개인적인 분야(인문, 정치, 사랑, 직업, 자연환경 등)에서 종종 색감이 살아 있다. 대충 무난하게 푸르스름한 게 아니라 신록의 생생한 초록색이면 좋겠지만, 신실하고 솔직한 열정에서 만들어진 색이라면 버섯(곰팡이)의 밋밋한 색감이라도 괜찮다.

문제는 (예를 들어, 회색처럼) 우유부단하고 무기력한 색이다. 의심하기보다는 차라리 모든 것에 눈을 감고 살아가려는 선택이다. 그래서 더는 분홍색은 없다. 사막의 오아시스도 없고 황혼도 없다. 꽃은 시들 테고, 고인 물은 썩을 테고, 거대한 먼지 구름이 태양을 가린 것 뿐이니까.

왜 우리는 더 이상 어린 왕자의 눈으로 세상을 바라보지 않을까? 혹시 이 세상을 솔직하고 투명한 눈으로 들여다보기가 두려운 걸까? 그리 오래지 않은 과거에 우리의 눈이 정말 중요하게 보았던 것들, 투쟁으로 쌓고 얻어낸 것들이 쓸모없다는 사실을 확인할까 봐 무서운 걸까?

'어른'의 안경을 쓰고 "다 경험했어. 다 알아"라고 말하면 편하다. 맨눈으로 퇴색된 꿈들, 망가져버린 관계들을 확인하지 않아도 되니까. 하지만 행복이 오는 모습은 맨눈이라야 알아챌 수 있다. 안경을 쓴 사실조차 망각하고 보이는 대로 함부로 속단하는 일은 정말 위험하다.

막상 뒤돌아서 지나온 길을 살펴 보면, 그리 끔찍하지 않고 사소한 실수들일 수 있다. 막연한 낭패감이 가시면 미래도 더 밝게 그려진다. 내일을 좀더 단순하게 결정할 수 있다.

이직이나 이사 같은 큰 고민거리가 있을 때 아이들에게 슬쩍 한번 물어보라. "너라면 어떻게 할래?" 놀라지 마시라. 아이가 궁금한 건 가격이나 교통 같은 것이 아닐 테니까. "뭐가 좋은데요? 언제 행복한데요?"

고차원적으로 숙고한다고 늘 좋은 결정이 나오는 건 아니다. 온갖 자연스러운 화학반응, 아이의 시선만 포착하는 순수한 영혼의 소용돌이, 예민하고 감정적인 부분이 빠졌으니까.

네 생각은 어때?

세상을 이해하고 좋은 결정을 내리고 싶다면
색안경을 벗고 맨눈으로 바라봐야 한다.

삶에서는 누구나
초보자고 학습자야.
스스로 어른이라고 생각하는
사람이 가장 미숙한 사람이지.

⚘ 고집쟁이를 누가 좋아하겠어 ⚘

소망이 명확하다면 고집을 부려야지

"저기, 양 좀 그려줘. (…)

부탁이야, 양 한 마리만 그려줘. (…)

이 양은 병들었잖아. 다른 걸 그려줘. (…)

내가 말한 양이 아니야. 숫양이네. 뿔이 있잖아. (…)

이 양은 너무 늙었어. 나는 오래오래 함께 살 양을 원해."

그때쯤 내 인내심이 바닥났다.

양에 대해 질문하던 어린 왕자를 잊을 수가 없다. 원하는 것을 얻을 때까지 멈추지 않았고 끈질기고 집요한 모습. 아이는 답을 얻을 때까지, 알게 될 때까지 묻고 또 물었다. (나중에는 낯선 아이의 질문에 끝까지 대답해주는 비행사가 고마울 정도다!) 상대가 누구든(비행사든 가로등 켜는 사람이든 비즈니스맨이든) 주제가 무엇이든 한결같았다. 그렇게 얻은 대답이 모두 흡족한 것도 아니다. 난처하거나 쓸모없는 대답도 있었다. 그러나, 한 가지는 확실했다.

'어린 왕자는 원하는 것을 얻고서, 자신의 길을 계속 간다!'

어린 왕자는 궁금한 게 생기면 답을 얻을 때까지 질문을 던졌다! 어린 왕자 덕분에 새삼 깨닫는다.

'원하는 게 있어? 얻을 때까지 단호하고 꿋꿋하게 버텨!'

겨우 그거냐고? 그렇게 간단한 걸로 충분하냐고?

충분하다!

자신이 원하는 것을 정확하게 안다면.

"부탁이야. 양 한 마리만 그려줘……."

(…) 그래서 나는 양을 그려주었다. 그는 찬찬히 살펴보더니 말했다.

"안 돼. 이 양은 병들었잖아. 다른 걸 그려줘."

나는 다시 양을 한 마리 그렸다. 내 친구는 부드럽게 응석을 부리는 듯한 미소를 지었다. 그리고 말했다.

"잘 봐. 이건 내가 말한 양이 아니야. 숫양이네. 뿔이 있잖아."

나는 또다시 양을 그렸다. 이번에도 아니라는 대답이 돌아왔다.

"이 양은 너무 늙었어. 나는 오래오래 함께 살 양을 원해."

그때쯤 내 인내심이 바닥났다. 어서 비행기 엔진을 분해하기 시작해야 하는데. 그래서 슥슥 그려서 던져주며 말했다.

"이건 양이 사는 상자야. 네가 원하는 양은 그 안에 있어."

꼬마 재판관의 얼굴이 환해지는 걸 보고 나는 무척 놀랐다.

"내가 바라던 바로 그 양이야!"

어린 왕자는 원하는 것을 정확히 알았다.

'양 한 마리 그림.'

그러자 의외의 상황이 펼쳐진다. 불시착의 충격과 걱정에 사로잡혀 있던 비행사가 선뜻, 자신의 별에 데려가고 싶은 양을 정확하게 알고 있는 이 금발 소년이 말하는 대로 따른다.

비행사와는 정반대로 어린 왕자는 오히려 더 타협 없이, 현실에서 가능한 정도로 꿈의 높이를 낮추지 않고 원래의 이상향만큼 높게 이루기를 추구한다. 온 힘을 다해, 어쩌면 지나치리만치 자신의 소망, 자신에게 기쁨이 되는 상태에 이르도록 끈질기게 요구한다.

나는 내가 원하는 것을 정확히 알고 있나?

어릴 때 크리스마스에 받고 싶다고 적었던 선물 목록처럼?

나의 소망, 나의 불만을 명확히 표현할 수 있을까?

어린 시절의 단순한 소원에는 힘이 있었다. '시간을 초월한 조용한 힘.' 공격성은 없지만 의지, 확신, 열의로 반복하여 요구하는 냉정함이 담긴 힘이다. 자신의 온 시간을 다 담은 힘이니, 그 긴 시간에 맞서지 못할 이들은 굴복할 수밖에.

"아!"

부모라면 뇌리를 스치는 모습이 있을 것이다. 좋아하는 장난감이나 신기한 것을 손에 넣었을 때 아무 소리도 못 듣고 무섭게 몰입하던 아이의 모습! 부디 그때 짜증을 내거나 화내지 않고, 아무것도 바꾸려 하지 않고, 아이가 원하는 상태에 꿋꿋하게 머무르게 두었길 바란다.

어린 왕자 덕분에 나는 나의 우스꽝스러운 혼잣말을 깨달았다. 최대한 빨리 다음 일로 넘어가고 싶을 때 이렇게 중얼거리던 버릇 말이다.

"그래, 이 정도면 됐지."

안 된다. 소망이 명확하지 않을 때, 더군다나 자기 자신, 그러니까 자신의 정체성이나 소망이나 취향까지 양보해버리고 얻은 결과에 만족할 수 있겠는가?

양보와 타협은 필요하다. 그러나 나의 소망에 대해서는 어린 왕자처럼 단호하고 꿋꿋하게 고집해야 한다. 그래야 결국에는 삶도 더 올바르게, 더 빠르게 전진할 것이다.

목적에 한순간도 어긋남 없이 도달할 때까지 끝까지 확고하게 자신의 주장을 지키는 것! 유치해 보일 정도로 단순하고 또 단순한 원칙이다.

네 생각은 어때?

나의 길이라고 생각된다면
절대로 멀어지지 않고 단호하게 나아가야 한다.

네 일상은 네가 만든 거야.
규칙을 바꿔서 빠져나와

"아저씨도 하늘에서 왔구나! 어느 별이야?"

나는 순간적으로 그의 존재의 비밀을 알아낼 희미한 빛을 발견한 것 같았다. 그에게 불쑥 질문을 던졌다.

"너는 다른 별에서 왔다는 거니?"

어린 왕자는 대답하지 않았다. 내 비행기를 쳐다보며 부드럽게 고개를 끄덕이기만 했다.

"그래, 이걸 타고 아주 멀리서 오긴 힘들겠어……."

어린 왕자는 비행사의 세계에 속해 있지 않았다. 다른 별에서 왔으니까. 그래서 현실에서 빠져나오기가 쉬웠을 것이다.

입에서 술술 이야기를 지어내며 놀았던 어린 시절을 기억하는가? 견고한 성과 멋진 자동차와 인형들을 줄을 당겨 조종하듯 자유자재로 움직여 만들어냈던 상상의 세계. 나와 누이는 돌무더기를 쌓으며 우리의 세계를 만들었다. 우리가 만든 규칙대로 작동하는 세계. 우리의 규칙이 절대적인 힘을 가지는 이야기. 상상력은 사방으로 뻗었다. 그러다 보면 어느새 이야기는 실제 이 세계만큼이나 리얼해졌다.

이야기의 창조자이던 그 시절, 나는 세상의 주인이었다. (당연히 지금보다 훨씬!) 세속적 기준에서 나를 얼마든지 건져냈다.

다시 그 상상력과 창의력이 생긴다면?

이상한 얘기 같지만, 어릴 때 창조한 세상을 현실에서 느낄 때가 있다. 현재 삶에 문득 겹쳐보이는 순간들이 있다는 말이다. 평행 세계나 상대성 이론 같은 걸까 생각해본 적이 있다.

아마도 '투영의 힘'일 것이다. 아이 때 바라고 꿈꾸던 삶 속에 나를 비추고, 그 시선에 현실을 소망하던 모습으로 바꾸는 힘이 있었으리라.

어린 왕자처럼, 우리도 한때 가지고 있었다. 더 나은 세상을 짓기 위해 현실을 빠져나올 수 있는 강력한 힘을. 그 창조력은 사라지지 않았다. 아직 내 몸속 어딘가에 남아 있다.

어린 왕자처럼 이 세상을 빠져나간다는 건, 내게 맞는 새로운 세상을 창조할 힘이 있다는 뜻과 같다!

삶이 콘크리트처럼 굳어버린 것처럼 느낄 때가 많지만, 사실은 조금만 건드려보면 움푹 파일 정도로 유연하기도 하다. 굳어진 것은 아무것도 없다. 그러니 스스로 꿈꾸고, 이루기를 노력하자. 당신의 의지는 어느 순간 삶에 투영되며, 상상 속 가장 아름다운 이미지들이 삶의 실제 사진이 될 것이다.

네 생각은 어때?

한 세상에서 빠져나온다는 건
그 세상과 맞서 싸울 줄 안다는 의미다.

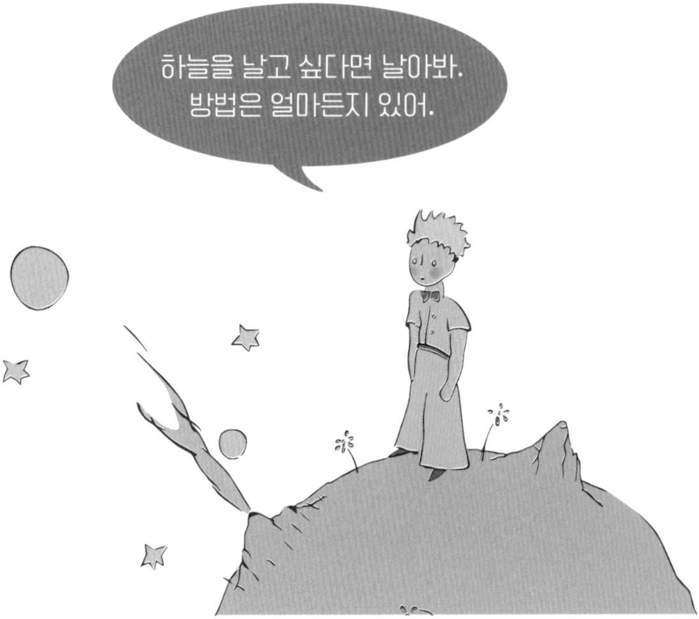
하늘을 날고 싶다면 날아봐.
방법은 얼마든지 있어.

시급한 일 먼저!
일보다 너 자신부터 돌보란 말이야

"그건 규율의 문제야." 나중에 어린 왕자가 내게 말해주었다. "아침에 세수를 마치면 별도 구석구석 정성스럽게 닦아줘야 해. 어린 바오바브는 장미나무와 비슷하게 생겼거든. 바오바브나무인 게 구분이 되면 규칙적으로 뽑아줘야 해. 무척 지루해도 쉬운 작업이야. (…) 일은 가끔 미루어도 괜찮아. 하지만 바오바브나무는 말이지, 항상 골칫거리거든. 한번은 어느 게으름뱅이가 사는 별에 간 적이 있어. 그 사람은 딸기나무 세 그루를 대수롭지 않게 여겼다가……."

일에서든 삶에서든 '하루쯤 늦어져도 괜찮아······' 하는 '자비심(!)'을 꾸준히 실천하며 여유롭고 느긋하게 살아온 나는, 어린 왕자의 경고에 충격을 받았다.

중요한 일은 즉시 해낼 것!

말이든 글이든 행동이든, 일상에서 쉽게 할 수 있는 것이라면 절대로 미루지 말 것!

어린 왕자의 별에도 물론 나쁜 씨앗들이 있었다. 바로 바오바브나무 씨앗이었다. 그의 별은 바오바브나무 씨앗 때문에 황폐해졌다. 바오바브나무는 조금만 늦게 손을 써도 평생 처치 곤란이 된다. 별 전체를 뒤덮어버리고 땅속 깊숙한 곳까지 뿌리내리기 때문이다. 별의 면적에 비해 바오바브나무 수가 너무 많아지면 결국 별은 터져버린다.

어린 왕자는 소행성 B612의 바오바브나무 급증 상황을 감시했다. 즐겁지 않아도 생존에 꼭 필요한 일은 간과하면 안 되기 때문이었다.

우리 일상의 대부분은 소소한 재밋거리, 사소한 흥미거리들로 가득차 있다. 그리고 우리는 일상의 소소한 기쁨을 누리는 것이 진짜 행복이라는 생각에서, 그것들을 정말 중시한다. 때로는 지나치게! 그래서 (어린 왕자의 말에 따르면) 인생의 진짜 큰 기쁨을 누리기 위해 절제와 의무가 필요하다는 사실을 쉽게 잊는다!

어릴 때 아빠의 목공소에 따라가곤 했다. 그러면 아빠는 어린 아들에게 대패, 톱, 연마기 등 거대한 기계들의 뒤에 매달린 톱밥과 부스러기 자루를 비우는 임무를 주셨다. 내 덩치보다 훨씬 크고 높이도 어른 키만큼이나 되는 자루였는데, 톱밥들이 날리지 않도록 잘 여미서 묶고 양팔로 들어서 끙끙대며 바깥 광 속에 넣었다.

어린 견습생의 작은 손과 힘으로 해내기에는 고된 임무였다. 하지만 공장이 잘 돌아가려면 꼭 해야 하는 일이었다. 주머니가 꽉 차면 기계가 자동으로 안전 잠김 상태로 전환되며, 나무를 자르고 다듬는 일체의 과정이 중단되었기 때문이다.

물론 목공소의 궁극적인 목표는 고객에게 가구, 도서관, 주방을 생산해 팔아서 이윤을 남기는 일이다. 하지만 그러려면 우선 이 상품을 생산할 '기계'들을 작동 가능한 상태로 관리해야 한다. 어린애의 허드렛일에 불과해 보이는 나의 임무에 소홀하면, 공장이 망하는 길이었다.

나는 '기계들이 제대로 작동하는지, 주머니는 잘 흡입하며 카펫은 나무 조각 없이 깨끗한지' 열심히 살폈다. 소목장과 세공인들이 생산할 수 있고 설치기사가 고객의 집에 작은 예술 조각을 설치할 수 있도록 하기 위해서였다.

어린아이로서 친구들과 대팻밥 더미를 뒹굴며 노는 일도 무척 중요했지만, 내 임무는 시급했다. 베르나르와 로베르는 그 점을 이해하지 못해서 투덜대며 자리를 떴다.

《어린 왕자》를 다시 읽으며 궁금해졌다. 나는 일상의 수많은 일들을 잘 구분해서 해내고 있나?

사소한 일.

사소하지만 시급한 일.

중대하지만 덜 급한 일…….

아, 헷갈린다.

어린 왕자가 물었다. "네가 하루하루를 써내려갈 때 가장 중요한 게 뭐야?"

나는 대답했다. "나 자신을 돌보는 것."

어린 왕자가 말한다. "네가 하지 않는 일이네."

우리를 공격하지 않도록 관리하는 일은 중요하다. 우리 존재의 바오바브나무가 무엇인지 알아야 한다.

더 중요한 일에 몰두해야 한다는 것을 잊지 마라. 오늘 우리 자신의 생명 유지에 필수적인 일을 내일로 미뤄서는 안 된다.

사소해 보여도 생존이 걸린 문제가 있다.
그게 가장 시급한 일이니까 먼저 해야 한다.
명심하라. 중요한 일보다 시급한 일이 먼저다!

체스에서 진짜 중요한 건
폰이나 말들이 아니라
바로 체스판이야.

✄ 불행한 건 아닌데, 행복하지도 않아 ✄
누구나 '행복 의식'이 필요해. 빨리 찾아!

"나는 해 지는 걸 보는 게 좋아. 함께 보러 가자."

"그럼 기다려야지."

"뭘 기다려?"

"태양이 넘어가기를 기다리지."

너는 깜짝 놀란 표정을 짓다가, 스스로도 어이가 없었던지

웃음을 터뜨렸다. "내가 우리 별에 있다고 생각했어!" (…)

여우가 말했다. "네가 4시에 온다면 난 3시부터 설렐 거야. 4시가

가까워질수록 점점 더 행복해지겠지. (…) '의식'은 어느 하루를 다

른 하루와 다르게 만들어주고, 어떤 시간을 다른 시간과 다르게

만들어주는 거야."

어린 왕자는 소행성 B612에서 마흔네 번이
나 태양이 지는 광경을 보며 저녁을 보내곤 했다. 자신의 별을
떠난 후에, 차분하고 소소한 행복을 자주 느끼던 시간이 얼마
나 소중했는지 깨달았다.

그의 별에는 "이래야 기쁘다, 저런 게 행복이다" 등의 간섭
을 하는 이가 없었다. 쓸데없는 조언으로 꽉찬 법규나 미디어,
잡지도 없었다. 그래서 어린 왕자는 다음 해넘이를 따라 의자
를 옮길지, 옮긴다면 몇 미터를 옮길지 스스로 결정했다.

웃음에는 타인의 조언이 필요하지 않다. 어린 왕자는 자신
의 기쁨을 자유롭게 조절하고 판단할 통제력이 있었다. 사소
한 것에 웃은들, 하찮아 보이는 것에 기뻐한들 무슨 상관이랴.

그 결과 어린 왕자는 '해넘이 의식'을 발견했다! 그리고 그
기쁨을 모르는 가로등 켜는 이에게 큰 연민을 느꼈다.

어린 왕자가 그에게 차마 하지 못한 말은, 24시간 동안 지는 해를 1,440번이나 볼 수 있는 축복 때문에 그 별이 더 그리울 거라는 것이었다.

일상에서 우리는 스스로를 얼마나 자주 챙기고 있을까? 대개는 온갖 의무들, 가족, 일 들에 짓눌려서, 타인들의 요구와 나의 즐거움 사이에서 이러지도 저러지도 못하고 있을 것이다 (자신이 즐거운지 아닌지도 헷갈리는 순간이 많다). 아, 삶이 외치는 비명을 확실히 듣고 자신을 챙기는 시간을 늘려야 한다는 경고등이 깜박거린다.

그런데 떠올리는 해결책 또한 대체로 비슷하리라.

'다음 휴가에 그리스 크레타 섬으로 여행을 가서 푹 쉬고, 일단 지금은 견디자.'

자, 지금부터 자신의 유익을 챙기는 첫 단계를 알려주겠다.

일단 휴대폰을 꺼라. (최근 반 년 새에 상상도 못해본 일이리라!) 그리고 고요한 침묵의 소리를 들어라. 바로 그때가 그 누구도 나에게 끼어들 수 없고, 나의 우주에 침범할 수 없는 나만의 시간이다. 나는 오롯이 혼자고 기분이 좋다. 그속에서 나를 기쁘게 하는 것들을 하나씩 발전시켜 보라. 음악, 독서, 공상, 요리, 정원 가꾸기…… 다시 한번 당부하는데, 휴대폰이 울리면 당신의 우주는 꺼진다. 제발 휴대폰을 끄고 당신의 우주를 켜두어라.

미룰 것 없다. 바로 지금, 당장 시작하라.

휴대폰처럼 이제껏 즐기던 몇몇 태양을 꺼야만 할 수도 있다. 기쁘고 즐겁기 위해서가 아니라, 고통을 잊기 위해서일 때도 있다. 그 상처에 잠깐씩이라도 치유의 시간을 보태라. 어린 왕자가 해넘이로 슬픔을 덜듯, 우리도 삶에서 상처 입은 마음을 치료할 책임이 있다.

휴대폰을 껐다는 건, 당신의 생각을 방해하는 스크린이 꺼졌다는 뜻이다. 이제부터는 무의식 속에 살그머니 떠오르는 작은 이미지들을 따라가라. 당신의 깊숙한 진심이 비밀스럽게 드러나는 과정이다. 고요한 침묵에 귀 기울여라.

아, 어렴풋이…… 내 안의 울림이 느껴지는가? 어린 왕자의 말소리가 들리는가? 아직도 잘 안 들린다면 너무 깊숙이 묻혀 있어서다. 자신의 마음을 들여다본 지가 오래되었다는 뜻이다. 초조해할 필요 없다. 끈기있게 기다리다 보면 차츰 하나씩 떠오른다. 잊고 있던 기쁨, 포기했던 소망…… 조바심내지 말고 느긋하게 기다려보라.

　명심하자. 당신의 어린 왕자(자아)는 당신에게 가장 좋은 것만을 원한다. 그를 돌보는 것이 곧 당신 자신을 돌보는 것이다.

스스로 무엇에 행복해지는지 모르는데
그 누가 행복하게 만들어줄 수 있겠는가?

❋ 다들 내 꿈이 시시하대 ❋

꿈은 내 아이와 같아.
비교할 수 없이 소중한 대상!

"만일 누군가 수백만 개의 별 가운데
단 하나밖에 없는 꽃을 사랑한다고 해봐.
그는 별들을 쳐다보기만 해도 행복할 거야.
이렇게 생각하겠지. '내 꽃이 저기 어딘가 있어.'
하지만 양이 꽃을 먹어버리면 그는 모든 별들이
일순간 자취를 감춘 느낌을 받겠지.
그런데 그게 중요하지 않은 일이야?"

꿈을 가져라. 그리고 그 꿈을 깊이 믿어라. 물론, 하루 하루는 고요하게 흐르는 강이 아니니 그게 말처럼 쉬운 일은 아니다.

꿈은 '행복'이라는 목적지를 가리키는 나침반과 같다. 낯선 길 위에서도 방향을 잃지 않고 주변에 현혹되지도 않고 스스로를 돌보며 나와 어울리는 삶을 향해, 내 별을 향해 한 방향으로 걷게 해준다.

나의 별을 따르는 여정 동안, 내 꿈을 비판하고 비웃고 방해하고 공격하는 이들이 꼭 나타난다. 그들을 무시하고 백조의 깃털처럼 가볍게 미끄러져 지나쳐야 한다.

그 누구도 나의 꿈을 의심하게 두지 말자. 내 꿈의 길에서 벗어나면 안 된다. 양이 장미꽃을 먹어치우면 어린 왕자의 별빛이 꺼지듯이, 꿈이 사라지면 별빛이 사라질 것이다!

또한 꿈은 어린 아이의 보물 상자와 같다. 남들이 뭐라 하건 내 눈에 값지고 소중한 것들을 모아 놓은 보물 상자. 어린 아이는 자신의 보물 상자를 아무도 함부로 가져가지 못하도록 침대 밑이든 벽장 속이든 비밀 장소에 꼭꼭 숨긴다. 아이는 자신의 전부인 보물 상자를 지키는 방법을 알고 있다.

그러다가, 모든 의무과 금지 사이를 헤매고, 철저하게 계산적인 어른의 세계를 항해하게 되면, '꿈'의 보물 상자는 진짜 값진 재산이 된다. 값을 매길 수 없다.

누구나 꿈이 있다. 실현의 가능성을 믿는 정도야 다 다를 텐데, 우리는 꿈이 이뤄지리라고 굳게 믿어야 한다. 마음의 비밀 장소에 보물 상자를 잃어버리지 않게 잘 보관해야 한다.

막상 뚜껑을 열었더니 상자 속 보물(꿈)이 내게만 가치 있는 것이었대도 상관 없다. 아니, 십중팔구 자신과만 관계가 있을 게다. 하지만 그것은 당신을 이끌어주는 목동의 별이다! 당신이 만들어낸 행복한 삶의 유일한 열쇠다.

본래 꿈이란 그토록 개인적인 것이다. 나만 이해하고 나만 안다. 그러니 절대로, 그 누구도 나의 꿈을 동정하도록 두지 말고 나쁜 생각, 나쁜 말들은 늘 멀리하자.

지금부터 어린 시절의 꿈들을 몇 가지 실현하는 게임을 해보려고 한다. 7쪽에서 당신은 과거의 꿈들을, 혹시 아주 괴상하고 조금 유치하고 창피하더라도 모두 적었다. 지금 거기에 뒤늦게 떠오른 꿈들이 있다면 덧붙여 쓰자. 《어린 왕자》를 읽다 보면 내가 외면하고 있던 것들이 슬금슬금 기억나기도 하니까.

자, 다 썼다면 바로 이 목록을 내년의 활동 계획으로 삼아라. 1년에 한 가지씩 실현해보면 어떤가? 남들에게 인정받기 위해서가 아니다. 당신만의 소망, 어느새 잊고 있었지만 어린 왕자 덕분에 기억난 꿈이다. 이제 그 꿈에 숨을 불어넣고 현실에 닻을 내리게 할 기회가 온 것이다.

덧붙여서, 왜 다른 이의 꿈을 비웃거나 깨뜨리면 안 되는지도 깨달았을 것이다. 내가 그 꿈의 깊이를 잘 모르지 않는가. 그러니 그도 나처럼 꿈을 끝까지 키워나갈 수 있도록 지켜주고 도와야지, 꿈의 엔진을 꺼뜨리는 언행을 함부로 해서는 안 된다.

꿈은, 마치 아이를 보호하듯 보호해야 한다! 꿈이 있다는 것만으로도, 당신이 살아 있다는 증거가 된다. 당신의 꿈이 이루어지는 어떤 위대한 날까지, 어린 왕자가 온 우주에서 자신밖에 모르는 장미꽃을 지키는 데 온 힘을 기울이듯, 우리도 최선을 다해서 꿈을 지키고 키워 보자.

네 생각은 어때?

아이들은 꿈이 생기면 소원을 빌고
그 소원은 이루어진다.
빌지도 않는데 이루어지는 소원은 없다.

사람들은 종종
운명을 받아들이기보다
그 미래에 맞서려고 하지.

첫 만남을 기억해.
늘 그때처럼 귀 기울여 듣고 있지?

어린 왕자는 장미를 사랑하고 아끼면서도 곧 장미를 의심하기 시작했다. 그는 장미의 입에서 나온 별로 중요하지도 않은 단어를 심각하게 받아들였고 아주 불행해졌다.

"장미의 말을 듣지 않았더라면 좋았을걸. (…) 장미의 말이 아니라 행동으로 판단했어야 했는데. 장미는 내게 향기를 선물하고 내 삶을 눈부시게 밝혀주었는데. 그렇게 도망쳐 오는 게 아니었어! 딱한 거짓말 뒤에 숨겨진 장미의 마음을 알아차렸어야 했는데. 꽃들은 모순투성이야! 난 너무 어려서 장미를 사랑할 줄 몰랐던 거야."

사랑은 자연스럽고 단순하게 느껴진다고, 저절로 알게 된다고 생각하는 이들이 많다. 놀랍게도, 아니다! 어린 왕자도 뒤늦게 깨달았듯이, 사랑은 배우는 것이다.

어린 시절 부모님 손을 잡고 누군가의 결혼식에 갔다. 교회를 가득 채운 사람들의 강한 감정에 동요되어 나는 눈물을 흘렸다. 그로부터 40년이나 흐른 지난가을 친구 커플의 결혼식에서도 나는 또다시 어렵게 눈물을 삼켰다. 행복의 눈물이기도, 부러움의 눈물이기도 했을 것이다.

그런데 40년 전의 그 결혼식에서 내게 어떤 일이 일어났다. 동의서를 서로 교환한 신랑 신부가 입을 맞췄을 때 내가 얼어붙어버린 것이다.

'나도 나중에 이렇게 많은 사람 앞에서 키스를 해야 한다고? 절대 못 할 거야.'

꽤나 오랫동안 이 생각에 사로잡혔던 것 같다. 아이답게 아무에게도 말하지 못하고 끙끙댔다. 그 고민을 극복하고 주변의 공간도, 시선도, 아무것도 의식하지 않고 남들 앞에서 가벼운 입맞춤을 할 수 있게 되기까지 여러 해가 걸렸다. 세상에 홀로 서는 듯한 감정을 발견하는 것, 이것 역시 사랑이다.

우리는 서로 다른 사랑 이야기, 온갖 다양한 형태의 사랑을 알고 있다. 파괴적으로 변해가는 뜨거운 열정부터 차분하고 편안한 감정의 고요함까지, 서로 거리를 둔 사랑, 환상에 빠진 사랑, 본래의 자신을 조금 양보하고 뒤섞인 사랑⋯⋯. 이 모든 형태의 사랑에는 공통점이 있다.

이 동요하는 감정은 억누르거나 통제할 수 없다는 점, 그리고 그 감정을 나와 상대가 함께 연습해야 한다는 점!

통제불가한 감정에 대한 연습이란, 살면서 불시에 닥쳐오는 여러 예측불허의 순간들을 마주해보는 연습이다. 지금이 적당한 순간이었을까? 왜 이렇게 아무런 예고도 없이 펼쳐질까? 혹은 반대로, 왜 이토록 모든 것이 복잡하고 충격적일까?

그 이야기가 좋게 흘러가든 나쁘게 흘러가든, 우리는 사랑이 나타나는 순간 우리 자신에 대해서 배운다. 내가 누구인지,

나의 반응 방식이 어떠한지 알고 있다고 생각했던 것이 큰 착
각이었음을 깨닫는다. 곰곰이 되짚어보면, 어린 시절부터 우
리의 상상대로 흘러가지 않았던 일이 얼마나 많았던가.

그러니 사랑의 감정과 마주쳤을 때, 그 은밀한 마음의 파장
을 우리가 사로잡힌 낯선 타인과 나누는 일이 쉽겠는가. 게다
가 이 타인은 대개 내가 기대했던 이미지와 전혀 닮지도 않았
다. 막연히 '날 위해 만들어진 사람'이길 원하다가, 함께 감정
을 연습해가는 과정을 통해 결국 이렇게 깨닫는다.

"내가 이렇게 (저렇게, 그렇게) 기대해서는 안 되겠지."

한마디로 사랑이란, 하늘에서 떨어지는 선물이다. 다만, 그
후에 길고 꾸준한 연습이 필수적으로 따라오는 선물.

들어주는 것, 감탄하는 것, 진실하게 대하는 것, 인내하는
것…… 이것들이 바로 사랑의 연습이다. 어렵다. 그래서 실패
도 잦다.

"나는 그(장미)를 사랑하는 걸 알기에는 너무 어렸어."

어린 왕자는 사랑을 처음 마주했을 때의 실수를 말할 줄 알
고 사과를 구할 줄도 알았다. 하지만 우리는 종종 실패한 사랑

의 책임을 남 탓으로 떠넘긴다.

우리가 첫날처럼 사랑한다면? 첫날, 사랑이 찾아왔던 순간의 마음을 잊지 않고 서로를 대한다면? 그렇다면 이미 사랑하는 방법을 아는 것이다. 경청하고 겸손하고 용서하고 인내하며 사랑을 키워가는 것이다. 첫 키스를 기다리던 그 마음처럼!

네 생각은 어때?

사랑한다는 건
이 여행의 가장 아름다운 부분이었다.

미련을 놓고 기회를 잡아.
반대로 하지 말고

어린 왕자는 막 올라온 바오바브나무들의 뿌리를 뽑아냈다.

그는 이 별에 다시는 돌아오지 못할 거라 생각하고 있었다.

익숙한 모든 일들이 그날 아침에는 이상하게도 마음을 건드렸다.

어린 왕자는 마지막으로 장미에게 물을 준 다음,

유리덮개를 씌우려고 하다가 울음이 터질 것만 같았다.

누구나 언젠가는 (혹은 자주) 맞닥뜨리게 된다. 모든 것을 과거에 남겨두고 새로운 비행에 나서야 하는 순간 말이다.

하지만 여러 해 동안 삶의 기준이 된 습관들을 바꾸기가 쉬울 리 없다. 생존에 꼭 필요해서 혹은 삶을 송두리째 바꾸고 싶다는 강력한 욕구가 솟구쳐서 변화하려 할 때도, 이제껏 써 오던 이야기를 끝내고 과감히 페이지를 넘겨 새 장(章)을 시작하기는 무척 어렵다.

옛날 우리 조상들은 태어나서 자라고 결혼하고, 아이를 낳고 부모가 되어 가족을 이루고 살다가 죽기까지, 행로가 거의 일정하게 정해지다시피 한 삶이었다. 다들 비슷했다. 불쑥 떠나고 싶거나 인생을 바꾸고 싶은 욕망이 일어도 정해진 행로에서 빠져나오기가 불가능했다. 페이지를 넘기는 경우는 사회적, 문화적, 국가적으로 밀폐된 유리병 속 같은 이 세상 속에서 매우 드문 예외였다.

세대에서 세대로 같은 전통, 같은 실수가 반복되고 같은 믿음, 같은 진리가 전해졌다. 개인이든 가족이든 집단이든 다 똑같았다. 그야말로 '사람 사는 얘기가 다 거기서 거기'였다.

그렇게 세상은 오랫동안 일정한 작동방식으로 짜여 돌아갔다. 몇몇 호기심 많은 탐험가, 발명가, 연구자가 그 인식과 존재의 한계선들을 움직여보려 시도했다. 하지만 그 대가로 자신의 명성, 사회적 지위 혹은 인생 자체를 걸어야 했다. 농부의 아들로 태어났다면 당연히 농부의 삶을 살았던 시절에, 새로운 삶으로 떠나는 시도는 무모하고 비뚤어진 행동이었다.

현대에는 이 고정된 시스템이 풀렸다. 우리를 묶었던 굴레는 풀렸고 각자의 지위가 어떻든 출구를 찾을 수 있게 되었다.

"아, 참 다행이군!"

아니다. 참 이상도 하지. 현실은 여전히 얼마나 무겁고 어려운지. 새로 터져나오는 고민과 한탄 소리가 들린다.

"선택지가 너무 다양해서 머리가 아파! 과거의 삶이 훨씬 더 좋았어. 간단하잖아."

맞다. 모르면 욕망하지도 않는다. 다른 선택이 있다는 걸 모르는 상태라면 주어진 삶의 기존 틀과 규칙 외에 다른 것은 바라지 않는다.

하지만 오늘날은 (거의) 모든 것을 알 수 있고 볼 수 있다. 이전과 비교해 (거의) 모든 것이 가능하다. 나 역시 바뀔 수 있다. 얼마든지 새로운 곳으로, 나를 유혹하는 세상으로 떠날 수 있다. 세상이 방문할 장소, 발견할 직업, 기회, 만남, 즐거움, 얻을 수 있는 사랑들로 가득한 뷔페다!

그렇다면 과감히 가봐야 하지 않을까?

문제는 '선택'이다. 첫걸음을 내딛기로, 떠나기로 선택하겠는가? 이전 삶 혹은 습관의 페이지를 과감히 넘기겠는가?

떠난다는 건, 뒤에 무언가를 남겨놓는다는 뜻이다. 이사나 이직 직전을 떠올려 보라. 수십 가지를 놓고 치열한 고민한 결과일지라도 '과연 잘한 선택일까?'를 얼마나 많이 되뇌었던가. 미련이 남아서 마음이 힘들기 때문이다.

삶의 페이지를 넘기는 일. 옛날에는 아예 불가능했지만 오늘날에는 적어도 외부적 방해물은 거의 사라졌다. 그러나 내면의 방해물은 여전히 강력하게 남아 있다. 두려움. 그 두려움을 이겨내고 최종 단계를 결행할 사람은 나뿐이다.

어린 왕자는 소행성 B612를 떠나기로 결심하고, 이동하는 철새들을 이용하기로 구체적인 방법까지 마련했다. 그리고 떠나는 날 아침 마지막으로 별을 말끔히 정돈했다. 활화산을 청소하고, 바오바브나무들의 뿌리를 뽑아냈다. 그런데 장미에게 물을 주며 작별인사를 할 때, 왈칵 울음이 터질 것만 같고 후회가 밀려들었다. '이 별에 다시는 돌아오지 못할 텐데. 장미를 다시는 못 볼 텐데.'

하지만 떠나야 만난다. 과거를 버려야 미래를 얻는다. 아쉬움은 감당해야 할 몫이다. 미련이 남는다고 미적거리다가 모든 후회를 떠안으려는가? 삶을 살아보지도 않고 죽으려는가? 안 된다. 지금 당장 첫걸음을 떼라!

네 생각은 어때?

페이지를 넘기는 것은
인생의 역사를 스스로 다시 쓰는 일이다.

왜 떠나는 날 아침에야
지켜낸 것, 얻은 것, 남겨질 것이
또렷하게 보이는 걸까.

'권위'와 '권위적'은 달라.
진짜 권위와 가짜 권위를 구별해

"저는 사형 집행을 좋아하지 않아요. 떠나는 게 좋겠어요."

"안 된다!"

"폐하의 명령이 이행되길 원하신다면, 합당한 명령을 내려주셔야 해요. 예를 들어, 1분 내로 즉시 이곳을 떠나라고 명령하실 수 있어요. 상황이 무르익은 것처럼 보이면요."

왕은 아무 대꾸도 하지 않았다.

어린 왕자는 잠시 머뭇거리다가 한숨을 쉬며 출발했다.

"너를 대사로 임명하겠다!"

왕이 다급하게 소리쳤다. 엄중하고 권위 있는 표정이었다.

나를 위해 해에게 지라고 명령하고 법무대신으로 임명해주는 왕이라면, 기꺼이 신하가 될까? 어린 왕자는 복종하지 않았다. 왜냐하면, 실행력이라고는 없으면서 말만 번드르르한 가짜 권위였으니까.

우리는 커가면서 권위에 복종하라고 배운다. 모두 함께 잘 사는 사회를 위해서, 어떤 권위에는 나의 의사와 신념을 굽혀서 따라야 한다. 경찰, 조직, 정부, 종교, 국가, 법 등이 그렇다.

하지만 비슷해 보이지만 그런 권위와는 완전히 다른 권력도 있다. 무조건 따르다가는 잠시 허리를 굽혀 지나가면 되는 동굴인 줄 알았는데 아예 곱사등이가 되어버릴 수 있는 것이다.

내가 아주 어릴 때 할머니는 내가 잘못을 저지를 때마다 내 목에 걸린 세례 메달을 가리키며 혼내셨다.

"명심해라, 여기 작은 예수님이 널 보고 계셔!"

메달에 조각된 이 인자한 모습의 인물에게 나를 벌하기로 결정할 절대적인 힘이 있다니.

나는 메달을 가만히 들여다보다가 메달을 세게 획 흔들어서 목 뒤로 넘겨버렸다. 그리고 이렇게 말했다.

"보세요, 이렇게 하면 예수님은 더 이상 나를 못 보시죠!"

할머니도 웃음을 터뜨리셨다.

확실히 어릴 때는 의무에서 쉽게 벗어난다. 어른들은 종교가 복종의 칼을 휘두르기도 전에 자책하고 죄의식에 짓눌리는데, 아이는 메달 속의 초월적 힘을 쉽게 초월한다.

이제 어른들도 어떤 강요를 받을 때, 무조건 짓눌릴 게 아니라 따를지 말지를 선택하자. 나이가 들수록 걱정이 늘고, 그럴수록 조종당하기 쉽다. '죽음'을 공포를 수단으로 이용하는 가짜 권력에 지레 겁먹고 자유 전체를 내던지고 복종해버리지는 말아야 한다.

어린 왕자의 저항은 반항심이나 분노, 복수의 광기 때문이 아니었다. 자신을 믿고, 자신의 길을 따른 것이다. 두려워서 갇혀 있지 않고, 머물거나 떠나는 자유를 아는 것이다.

나는 당신의 꿈에 복종하지 않는다.
나는 나의 꿈에만 복종할 것이다.

가만히 보면 말이야,
억지로 만들어낸 권위들은
다 가짜야.

⚹ 친구가 내 성공에 축하보다 질투를 하더라 ⚹

너 혼자 이룬 게 아냐.
자만하지 말고 겸손해

허영꾼에게 다른 사람이란 자신을 찬양해주는 사람에 지나지 않았다. (…)

"넌 나를 진심으로 찬양하니?"

"'찬양한다'는 게 무슨 뜻이에요?"

"내가 이 별에서 가장 잘생기고 옷도 가장 잘 입고 제일 부유하고 똑똑한 사람이라는 걸 인정한다는 의미야."

"아저씨는 이 별에 혼자 살잖아요!"

"기분 좀 맞춰줘. 그냥 찬양해다오!"

주위에서 비교적 빨리, 꽤 많은 돈과 명예와 재능과 성공을 얻은 사람들을 본다. 그중에 종종 편안한 환경에서 주변인의 도움으로 좁고 가파른 경쟁의 사다리에 쉽게 발을 들이고 높이 오른 이들도 있다.

그들은 마법 같은 풍경이 나타나는 순간, 현기증이 날 만큼 높아서인지 이 성공의 정확한 이유를 잊고 제 능력을 과신하기 시작한다. 재능과 지식과 노력으로 정상에 오르지 않았을 때, 자만심과 허영심이 우리를 압도한다.

사다리를 착실히 한걸음씩 노력으로 오른 사람은 겸손하다. 할 수 있는 최선을, 모든 노력을 기울였으니 힘이 바닥난 상태인데 자만심이 설 자리가 있겠는가.

"세상이 너를 위해 굴러간다고 생각하기 시작하면, 여느 사람들처럼 머리만 커져서 거드름을 피우게 될 거야."

수 년 전에 이런 얘기를 들었을 때, 나는 혼잣말처럼 장난식으로 대꾸했다.

"성공한 다음에는 발도 같이 부풀려서 균형을 맞춰야겠군."

공부든 일이든 일단 시작해서 씨앗을 뿌리면 여러 해에 걸쳐서 서서히 싹트고 천천히 자란다. 이 수확에 지급할 유일한 가격은, 꿈이 현실로 실현될 때까지 겸손하게 관찰하고 공부하는 것이다.

신기하게도 내가 아는 운동선수, 작가, 발명가, 음악가, 기술자, 기획자, 배우 등은 정상에 올랐는데도 자만심이 없다. 반면에 "내 능력만으로 충분했죠"라고 말했던 사람들의 소식은 점차 줄었고 연락도 뜸해졌다. 문제가 자만심이었다는 걸 나중에 이해했다. 그들의 열매는 자만해서 설익고 만 것이다.

물론 누구나 자만심이 있다. 문제는 절제와 조절이다.

학창 시절에 토머스라는 친구가 있었다. 그애는 집이 꽤나 부유했다. 그래서 생일이어서, 좋은 성적을 받아서, 혹은 별 이유 없이 그냥 받았다며 선물들을 들고와 우리에게 자랑했다. 그애는 늘 가장 멋진 옷, 비싸고 예쁜 가방, 별로 필요도 없어

보이는 최신 제품들을 가지고 있었다. 무엇보다도 그것들에 대해 끝없이 자랑했고, 그 앞에서 기가 죽는 우리의 코를 더 납작하게 누르려 했고, 다른 친구가 보낸 아웃도어 캠핑을 비웃으며 지구 저편까지 날아가서 보내고 온 자신의 환상적인 리조트 휴가에 대해 늘어놓았다.

너무 일찍, 너무 많이 가지고도 줄 줄 모르는 어른이 되어버린 것이다.

그래서 어떻게 되었느냐고? 어느 허영꾼들처럼 됐다. 마법과 볼거리가 지나가자 토머스는 학교에서 외톨이가 되었다. 어린 왕자가 만났던 허영꾼처럼, 거울 속에 비춰지는 사람은 오직 자신뿐이었다.

자만하면 외로움에 갇힌다.

겸손해야만 성취해낸 일과 완성한 기획에 대해 찬양과 존경을 받는다.

꾸며진 아름다움을 파는 대중스타들은 현실에서는 다시 볼 수 없는 별똥별처럼 사라진다. 아무도 자만심과 부풀어오른 공허함에 속지 않는다. 어린 왕자는 허영꾼과 함께하는 시간에서 어떤 즐거움도 얻지 못했다.

우리가 일상 속에서 아름다운 영혼이 나타나기를 기다리며 매일 겸손함을 키워나가면, 다른 이들도 그렇게 주고받기를 원하게 되고 모든 사람들이 이에 가까워지려고 할 것이다.

네 생각은 어때?

자신을 낮추면 높아지고, 스스로 높이면 낮아진다.
겸손하면 큰사람이 될 것이다.

스스로 대단하게 여기면
아무도 될 수 없어.

일과를 의무로만 채우지 말고
'호기심 타임'을 둬

"할아버지 별은 정말 아름다워요. 넓은 바다도 있어요?"

"그건 알 수 없다."

"산은요? 도시와 강과 사막은요?"

"그것도 모른단다."

어린 왕자는 실망했다. "할아버지는 지리학자라고 했잖아요!"

"맞아. 하지만 탐험가는 아니지. 도시의 강과 산과 바다, 대양과 사막의 수를 세러 다니는 건 지리학자의 일이 아니란다. 지리학자는 중요한 일을 하느라 돌아다닐 시간이 없거든. 한시도 책상을 떠날 수가 없어. 대신 우리는 탐험가의 방문을 받는단다. 탐험가들에게 질문을 던지고 그들이 기억하는 걸 기록하는 거야."

덧없는 것들에서도 얼마든지 풍성한 가치를 발견할 수 있다. 어린 아이들이 그렇지 않던가.

호기심에 가득찬 눈동자!

알고 싶고 만져보고 싶어서 동동 구르는 발!

반짝이는 눈빛을 쏘며 끝없이 이어지는 질문들.

바로 어린 왕자가 그랬듯이.

"양이 떨기나무를 먹는다고 했잖아! 그럼 꽃도 먹어?"

"양은 앞에 있는 건 뭐든 다 먹어."

"가시 있는 꽃도?"

"그래, 가시가 있어도 먹어."

"그럼 꽃의 가시가 무슨 소용이 있어?"

자신의 마음결을 꼼꼼히 살펴보라. 지금의 나는, 나를 둘러싼 이 세상에 여전히 호기심을 느끼고 있나?

일과의 대부분이 일, 의무, 우정, 가족, 직업에 점령당했다. 한가롭게 호기심을 품는 시간? 그런 건 없다. 낯선 단어를 들었을 때, 묘한 냄새와 색깔을 접했을 때, 새로운 물질을 발견했을 때 흥미를 느끼고 감탄할 시간 따위 없다.

그런데 참 이상도 하지. 그렇게 우리의 시간과 계획을 최적화하는데도, 시간은 순식간에 꽉 들어찬다. 새로운 습관, 새로운 제약, 새로운 의무······.

파란 하늘에 떠가는 구름을 올려다본 적이 언제였는가? 지루하다고? 그럴 리가 없다. 구름이야말로 시시각각 끊임없이 모습을 바꾸며 흘러다녀서 단 한순간도 모습이 똑같지 않다. 매일 저녁 해 질 녘 별들도 잠을 자려고 집으로 돌아오듯, 인간사에 무슨 일이 벌어졌든 지구는 별들 사이를 춤추듯 꾸준히 돌고 있기 때문이다.

지극히 평범하고 당연해 보이는 풍경에도 감탄이 숨어 있다. 조심히 열리고 섬세하게 흔들리는 꽃잎에 이슬이 맺혔다가 또르륵 흘러내리는 모습을 관찰한 날은 분명 어제와 달리 새롭고 환상적이고 축제이리라. 잠깐의 짬이라도 난다면, 최면에 걸린 듯 텔레비전 앞에 멍하니 앉아 있기보다는 차를 마시고 창밖에서 흘러드는 향기를 맡으며 매일 새로 태어나는 이 멋진 세상을 봐야 한다. 그 작은 편집 상자가 보여주는 모습은 종종 세상의 가장 추한 면이고, 대개는 사람이 만들어낸 것이다.

블라인드를 올리고 창문을 활짝 여는 일이 어려운가? 모든 풍경이 완벽하진 않아도 무한히 펼쳐진 파란 하늘, 끝없이 이어지는 산의 능선은 콘크리트 도시와 비교할 수 없다. 누구에게든 어디서든 떠오르는 태양은 세상이 매일 우리에게 주는 선물이다.

어린 왕자는 고향별 B612에서 해넘이를 보곤 했다. 의자를 옮겨가면서 하루에 마흔네 번이나 본 날도 있었다.

굳이 말로 정의하거나 해석할 필요 없이 아름다움을 체감하고, 거기에 온전히 잠겨서 즐길 줄 아는 능력.

나는 이 작은 일을 할 수 있는가? 마음속 어린 왕자를 깨워서, 그의 얘기를 듣고 대화할 수 있는가? 그에게 내일의 안내자가 되어 달라고 손 내밀 수 있을까?

나는 어릴 때 노란색을 '태양색'이라고 불렀다. 그런 나를 보며 선생님은 웃으셨지만, 부모님은 조금 걱정하셨다고 한다. 하지만 나는 '태양색'을 단념하지 않았다.

나에게 노란색은 지금도 존재하지 않는다. 어린 왕자가 내게 '당신의 태양, 당신의 태양색을 찾으라'고 계속 속삭인다.

40여 년이 지난 오늘 나는 바닷가에서 이 글을 쓴다.

여전히 노란색은 여기 존재하지 않는다. 그리고 태양색도 어제의 색깔은 없다. 오늘은 오늘의 태양색이 나를 황홀하게 한다.

네 생각은 어때?

우리가 알아봐 줄 때 비로소 세상은 빛난다.

❋ 큰 집, 좋은 차를 사고 싶은 게 욕심이야? ❋

남들이 좋다는 거 말고,
네가 좋아하는 걸 가져

"별들을 소유해서 뭐에 쓰나요?"

"부자가 될 수 있어."

"부자가 되어서 뭘 하는데요?"

"다른 별들을 사는 거지. 누군가 별을 발견할 때마다." (…)

"나는 꽃이 한 송이 있는데 매일 물을 줘요. 화산도 세 개 있는데 매주 청소를 해주고요. 휴화산까지도요. 그러면 내 화산들에게 도움이 되거든요. 꽃에게도 도움이 되고. 하지만 아저씨는 별에게 아무 도움이 안 되잖아요."

나에게 있는 것들로 부자가 될까, 내가 소유한 것들로 부자가 될까?

어른스럽게, 대단히 '철학적'인 시선으로 "내 소유물들이 결국 나를 소유한다"라든지 "내면의 부만이 가치 있다"라고 논쟁하다가 "무소유가 가장 부유하다"라고 결론짓기는 쉽다.

고귀한 철학이고 심오한 진리임에는 틀림없다. 그러나 현실에서 매일 이렇게 살 수 있을까?

어린 왕자는 어땠더라? 아이의 눈에 비치는 부는 무엇일까?

내게는 보물 주머니가 있었다. 친구들과 놀면서 딴 구슬, 카드, 딱지 등을 모아 두었다. 내기를 할 때의 친구들의 눈을 보면 '아이들이 욕심 없이 해맑다'는 건 다 거짓말이다. 하지만 구슬, 카드, 딱지를 향한 욕심에는 어른들과 큰 차이가 있다.

세상의 눈이 아니라 '내 눈'에 유용해 보이는 것들만 모은다는 것!

아이들도 친구네 집에 놀러갔을 때 새롭고 신기한 것들이 많으면 질투한다. 하지만 잠시 후면 대부분 그 감정을 잊는다. 특수한 경우로 변덕을 부릴 때를 제외하고 아이들은 갖고 있는 것, 좋아하는 것, 긴 시간 동안 만족하는 것을 사랑한다. 그들의 부는, 좋아해서 '선택'하고 키우고 쌓이는 것이다.

"그건 내 화산들에게 도움이 되고 내 꽃에게 도움이 되니까 갖고 있는 거야."

어제 당신은 이렇게 생각했을 지도 모르겠다.

'가진 것이 적어서 불행해!'

혹은

'가진 것이 많아서 정말 행복해!'

행복했다면 참 다행이다.

하지만 불행했다면?

아이 때는 좋아하는 것들을 가지면 마음이 풍족했다. 그런데 어른이 되면 내가 좋아해서가 아니라, 꼭 내게 필요해서가 아니라, 남들 눈을 의식해서 가지려고 기를 쓸 때가 많다. 타협하려고, 보여주고 과시하려고, 새로운 유행을 따르려고 전혀 관심도 없고 알지도 못했던 낯선 것들을 탐한다.

한마디로, 우리가 속한 사회는 우리에게 유행이라는 굴레를 씌워 무엇을 소유해야 할지 강제한다. 우리의 가장 큰 소망, 아이 때 베개 밑에 숨겼던 작은 보물들과는 멀어지는, 본질을 잃은 부유함은 덧없다.

자, 지금 벽장을 열고 안에 든 물건들을 다 꺼내어 탁자 위에 쌓아보자.

몇 개나 좋아하는 것들인가?

당신의 삶을 기쁘게 해주는 물건은?

이사를 간다면 쓰레기봉투로 들어갈 것들은?

난 몇 달 전부터 이사 계획을 해도, 새 출발을 위한 마지막 순간이 돼서야 여행 짐과는 비교도 안 될 만큼 많은 쓰레기봉투를 채웠다.

의심할 여지 없이 아이처럼 우리의 부유함을 차분히 생각해보면, 우리는 그 순간 우리가 좋아하는 물건을 간직해야 하고 그게 전부다.

물건을 소유할 때는 반드시 어린 왕자처럼 해야 한다. 이유를 반드시 알아야 한다!

가져도 짐스럽기만 하고 행복해지지 않는다면, 그런 쓸모없는 쓰레기를 왜 짊어지려고 하는가.

남들이 좋다는 것이 아니라
내게 있는 것을 좋아해야 행복하다.
그렇게 살고 있는가?

※ 다들 배부른 소리 말라는데… 난 불행해 ※

좋아하는 일을 해.
그래야 네 자신이 좋아져

'저 사람(가로등 켜는 사람)은 다른 사람들,
왕이나 허영꾼, 술주정뱅이, 사업가 모두의 비웃음을 사겠구나.
그래도 내가 보기엔 유일하게 우스꽝스럽지 않은 사람이야.
자기 자신이 아니라 다른 일에 몰두해 있어서 그런 것 같아.'

삶은 한 장(章)씩 덧붙여지는 이야기책이다.

제1장은 신생아기, 유아기를 거쳐 어린이로 첫발을 내딛기 전까지라고 할 수 있겠다. 이때는 부모님, 선생님, 주변인들이 우리의 첫 방향, 첫 입맛, 첫 발견의 펜을 쥐고 있다. 여기는 경험과 지식 들로 채워진다. 애초에 내가 선택한 것들은 아니지만, 내 마음대로 탐색하고 발견한 것들이다.

결론적으로 말하자면, 제1장은 두툼할수록 좋다. 지식이 다양하고 확장될수록 미래를 위한 청사진을 더 다양하게 그릴 수 있다. 여러 상황에 놓여보지 못한 채로, 경험 없는 것들도 잘 선택할 수 있다고 믿는 것은 중대한 착각이다. 모르면 선택지에 오르지 않고, 한 분야에만 매몰되어 있기 쉽다.

이처럼 '나'라는 존재는 어린 시절 맞닥뜨려온 경험들의 총합이다. 여기에 적절한 공부를 통한 경험의 창을 열지 않으면,

자신의 작은 우주에 갇힌다.

'나'라는 책이 펼쳐져 제1장이 쓰여진 후, 제2장에서 우리는 그 영향력 아래 다다른 직업에 종사하게 된다. 교수, 의사, 변호사, 선원, 건축가 등등은 종종 가풍에 따라 만들어진다.

문제는 청소년기에 자칫 창을 닫아버리기 쉽다는 것이다. 외부의 영향을 점점 차단하고, 손에 펜을 쥐고 제2장을 주도적으로 써내려가기 시작한다. 이제껏 걸어온 길과 자신을 유혹하는 길 사이에서 긴장과 모순을 느낀다.

이때 마음이 끌리지만 잘 모르는 길 앞에서, 걱정에 굴복해서 그냥 습관대로 익숙한 길을 걷게 된다. 그러다 보면 어느새 신뢰와 지지가 부족한 채로 삶에 끌려들어가, 겉보기에 그럴듯해 보이지만 실은 나를 위한 것이 아닌 길을 걷고 있다.

이런 상황을 겪었는가? 전문 지식을 갖추고 곧고 평탄한 길을 전진하고 있는데, 이상하게 소외된 심정이 들고 제자리를 맴도는 기분이 들었던 적이 없었는가? 느닷없이 수년 전 품었던 꿈, 비밀일기장에 적어둔 소망들이 떠오르는데(예술가, 미식가, 수의사, 여행가, 건축가, 탐험가……) 오늘 당장 시급한 일은 회계 결산 보고서를 제때 제출하는 것이다.

"지금 이 자리를, 지금 이 일을 좋아하고 있습니까?"

불쑥 이런 질문과 마주한다. 누군가 손가락을 쭉 뻗어 나를 가리키는 듯하다. 손가락 끝이 코끝에 닿을락말락 한 거리에서 계속 왔다 갔다 한다. 도저히 외면할 수 없는 상황. 이 질문에 답해야만 한다. 그러려면 하나하나 찬찬히 되짚어봐야 한다. 여기에 이르기까지의 여정을 꼼꼼히 들여다보려면 수년이 걸릴 수도 있다.

삶의 지도를 다시 그리는 큰 변화를 실천하려면 40~50년 후에 위기가 닥칠 때까지 기다려야 할까? 아니, 어린 왕자의 마음으로 써보았던 꿈들(7쪽)을 지금 빨리 읽어보면 어떨까?

우리가 어릴 때 가졌던 꿈, 어떤 이들은 "바보 같은 생각"이라고 비웃던 어제의 꿈에 다시 연결된다면? 아마도 미래가 아닌 현재에 대한 확신, 오늘에 대한 확신이 생겨서 안심할 수 있을 것이다.

나의 청춘의 꿈은 무(無)에서 온 것이 아니다. 그 꿈과 마주쳤을 때 그저 흘려보내지 않고 내가 꽉 움켜잡았던 꿈이다. 그리고 어쩌면 직관처럼 내가 가려는 장소를, 나만의 낙원을 열어줄 꿈이다.

살면서 종종 길을 잃고 깊은 한숨을 내쉴 때, 어린 왕자는 스스로 질문하고 변화하는 일은 언제 시작해도 절대 늦지 않다고 되풀이해 알려준다. 지금은 삶의 대척점에 있을 수도 있지만 행복을 찾는 건 우리 어린 시절의 첫 장과 완벽하게 조화를 이룬다.

지금 하루하루의 삶이 불편한가? 그렇다면 내면의 진짜 욕구가 무엇인지 들여다보라. 당신의 어린 왕자에게 물어보라.

그는 알고 있다. 우리가 그의 말을 들을 수 있다는 것을.

네 생각은 어때?

하루하루 삶이 불편하다면
대가를 받지 않는 일을 해보자.
자유란 스스로 원하는 일을 하는 것이다.

오늘 널 위해 열심히 살아.
그걸 매일 반복해

만일 당신이 언젠가 아프리카 사막을 여행한다면, 이곳을 분명히 알아볼 수 있도록 이 풍경을 주의 깊게 보아달라. 이곳을 지나갈 일이 생기거든, 부탁하건대 서둘러 지나치지 말고 잠시 저 별 아래에서 기다려달라! 한 아이가 당신에게 다가와서 웃거든, 그 아이의 머리칼이 황금빛이고 질문을 해도 대답이 없다면, 아마 그가 누구인지 짐작할 수 있을 것이다. 부디 그 아이에게 다정히 대해주기를! 그리고 슬퍼하는 나를 모른척하지 말고 편지를 보내주기를. 그 아이가 돌아왔다고 알려주기를.

"…… 슬퍼하는 나를 모른 척하지 말고 편지를 보내주기를. 그 아이가 돌아왔다고 알려주기를."

생텍쥐페리는 이렇게 당부했지만, 사실은 '어린 왕자는 떠나지 않았다'고 말해줘야 할 것 같다.

어린 왕자는 모두의 삶, 나와 당신과 우리의 마음속 가장 깊은 곳에 늘 머물고 있다고 말이다. 우리가 그를 잊거나 그가 잠시 잠들 때는 있지만, 그는 절대 떠나지 않았다고.

나이를 먹고 늙어가면서 내면의 어린아이를 인식하며 살기는 쉽지 않다. 하지만 가끔 불쑥불쑥 맞닥뜨릴 수밖에 없다.

한때 나였던 이 아이를 받아들이는 섬세한 예술은 삶에서 주기적으로 반복될 것이다. 약간의 겸손함만 있다면.

어른이 된다는 성장의 자랑스러움, 현명하다는 거만함, 영혼의 허영심 때문에 유치한 아이의 존재를 구석으로 밀어두었지만, 그 작은 팔로 어른이 된 우리까지 떠받쳐주고 있는 이가 그 아이다. 바로 '자아'.

(자아이자, 어린 왕자인) 이 아이가 우리 영혼의 성장을 계획했다. 우리는 그에게 존재, 생각, 꿈까지 모두 빚지고 있다.

그가 없다면 지금의 내가 있을 수 있을까?

돌이켜 보면, 이성적인 방식으로 여러 부분들을 잘 통제하며 삶을 지어올리려 할 때마다 어린 왕자의 자취와 조우했다. 어린 왕자의 낙천적이고 꿈꿀 줄 아는 열린 마음을, 인생이라는 컴컴한 정글에서 헤매다가 발견하곤 한다. 인생이 우리를 무릎 꿇리려 할 때 우리를 다시 일으켜세울 수 있는 사람도 어린 왕자다.

우리 인생의 주름 속에 남겨진 이 자취, 생생한 원천에서 우리는 언제든지 다시 태어나고 소망할 수 있다.

작은 변화에도 모든 조각이 무너질 수 있는 취약한 삶을, 단단히 붙들어매서 쓰러지지 않게 하는 공도 그에게 돌릴 수밖에 없다. 그렇다. 쓰러진 내게 다시 일어날 힘을 준 이는 어린 왕자고, 씩씩하고 용감했던 어린 시절의 나다.

그런데 이제 하루하루 나이를 먹으며, 또다시 자취를 남기고 싶은 욕구가 커진다. 사회적 성공, 행복한 가정, 건강한 자녀들…… 무엇보다도 어린 시절의 내가 오늘의 나를 지탱해주듯, 나의 오늘이 내일의 나에게 혹은 누군가의 영혼에 자취를 남겼으면 싶다.

　걱정할 것 없다. 나의 자취는 반드시 남겨진다. 다만 후대를 위해서가 아니라 나 자신을 위해 살 때, 나의 존재에 최선을 다할 때!

　글을 쓰는 것과 같다. 필생의 역작을 쓰려면 잘 안 되지만, 강렬한 몰입의 힘으로 매일 써내려가다 보면 명작이 될 수 있다. 후대를 겨냥하지 않고 나의 오늘을 위해 써야 한다. 내일을 위해 쓴다면 그건 이미 죽은 것이다.

　지난 세월 내가 읽은 많은 작가들이 친구가 되었고 불면증의 밤에 룸메이트로 함께해 주었다. 많은 이들이 나를 도와주었다. 그래, 오래전 나의 첫 작문들 속에서 내가 바란 것도 그랬다.

　"내가 단 한 명의 사람이라도 도울 수 있다면 이기는 삶이다."

　감사하게도 첫 책을 낸 이후, 따뜻한 감사 메시지들을 읽으며 나는 열 살 때 어린 왕자가 약속해주었던 선물 그 이상을 받았고, 곧이어 첫 일러스트 동화 〈꿈의 열쇠〉까지 썼다.

결국 자취는 내 의도대로 남는 게 아니다. 어린 왕자처럼 열심히 산 '나의 오늘'들이 쌓여 당신에게, 미래에 자취로 남을 것이다.

우리가 늘 해온 것들이
결국 우리를 이루고 자취로 남겨진다.

나와 네가
서로 영향을 주고받으며 살지.
모든 자아는 평등하니까.

✄ 소통은 포기했어, 어차피 안 돼 ✄

어린 왕자와 어린 왕자로
만날 수 있다면

나는 진지하기 이를 데 없는 사람들을 많이 만났다. 오랜 시간을 어른들 곁에서 보냈고, 그들을 아주 가까이에서 보기도 했다. (…) 조금이라도 통찰력 있는 어른을 만나면 나는 늘 갖고 다니던 1호 그림을 보여주며 시험했다. 그 사람이 정말 이해력이 있는지 알고 싶었다. 하지만 늘 이런 대답이 돌아왔다.

"모자구나."

그러면 나는 그 앞에서 보아뱀이나 원시림, 별 이야기는 하지 않았다.

이 책을 쓰는 내내, 나는 지구에 온 지 1년이 되는 날 사막을 향해 걷는 어린 왕자의 심정과 같았다. 현실에서 숱한 방황과 실수 끝에 올바른 방법으로 되돌리기 위해 거꾸로 되감아 걷는 길. 어린 시절의 내 마음을 찾아가는 여행.

하지만 이 시도에 대해, 벌써 무모하다는 지적이 들리는 듯하다. 당연하다. 합리적이고 이성적이고 객관적인, 무엇보다도 바쁜 어른들에게 "마법은 여전히 존재한다"고 설득하고 있으니.

내 안의 어린 왕자와 당신 안의 어린 왕자가 만나 대화를 나눈다면 대번에 해결될 문제이지만 현실적으로는 불가능한 이야기인 줄, 나도 이미 알고 있다. 성장기를 거쳐 어른으로 달려온 삶의 길목에서 다들 (심지어 바로 얼마 전의 나마저도) 어린 왕자를 마음 깊숙이 파묻고 외면하고 살아왔으니까. 그래서 지금 당신과 나는 어른의 언어로, 어른스러운 대화만 나눈다. 예의바르지만 계속 어긋나고 미끄러지는 대화.

하지만 때로는 날카로운 공격이 날아올 때도 종종 있다. 나는 내 꿈에 열중했을 뿐인데 날아오는 비웃음, 콧방귀, 혹은 적나라한 공격적 언행들. 특별히 알아달라는 바람 없이 홀로 지켜온 순수한 꿈의 조각인데, 그것을 품고 있다는 이유만으로 낄낄대는 이들을 만난다.

때로는 아예 꿈의 날개가 부러져서 땅에 곤두박질친 상태가 되기도 한다. 그런 모습을 사람들에게, 특히나 가까운 이나 친구들에게 보이고 싶은 어른은 없다. 용기내서 속마음을 드러내서, 어떠한 여과나 방어 없이 열린 마음으로 자신을 드러냈을 때 받은 모욕이고 상처이기에 더 꽁꽁 숨기게 된다.

그래서 그 경험을 반복하기는 어려워진다. 더 큰 깨달음을 얻어 성장하면 다행이지만, 이해받지 못한 순간 자신의 시도를 정당화하거나 적절한 어른의 사고로 포장하려 든다. 그러니 둘 중 하나뿐이다. 그 신랄한 말들을 따르거나, 아니면 숨기거나. 내면의 아이, 순수한 영혼의 울림을 잊어가도 어쩔 수 없는 일이다.

그러나 이 슬픈 경험을 넘어서야 한다.

어린 왕자를 침묵시키지 않고, 그와 더 적극적으로 대화해 보자!

조금 오해받으면 어떤가. 기존의 지루한 삶, 뻔한 삶을 벗어나 매일 새로운 삶을 살고 싶다면, 어린 왕자를 더 가까이 두고 더 생각하자. 나를 쇄신하고 내게 경탄하고 내 삶을 멋지게 만들어가기 위해서, 내면에 살고 있는 어린 왕자를 보호하자.

바라건대, 나처럼 어린 왕자를 사랑하는 사람들이 더 많아져서 우리가 언젠가 만나게 되기를 바란다. 내 안의 어린 왕자와 당신 안의 어린 왕자가 만나 서로의 소망들을 나누게 되었으면 좋겠다.

그러려면 가장 먼저, 냉소적인 태도를 버리자. 냉소 뒤에 숨는 건 너무나도 편리한 방편이지만, 그만큼 빨리 마음을 딱딱하게 얼어붙게 한다.

우월감에 가득 차서 흥을 깨는 사람에 대해서도 단죄하려 들지 말자. 그들은 지식과 우월함에 가득 찬 나머지 가장 소중한 인생길에서 길을 잃었다. 자신의 어린 왕자에게 등을 돌리면 그때부터는 혼란과 불안의 시간이다.

무엇보다도, 절대로 절대로 타인의 꿈을 깨는 사람이 되지 마라. 나의 꿈과 소망이 존중받기를 원하듯, 내게도 다른 이의 꿈과 소망을 비난할 권한이 없다. 심지어는 내 안의 어린 왕자를 내세워 상대방의 어린 왕자를 영원히 죽여버릴 수도 있기 때문이다.

세상살이에 익숙해지는 것과 자신 안의 아이를 배반하는 건 같지 않다. 내 마음속 어린 왕자와 당신 마음속 어린 왕자가 만나 서로의 다름을 인정하며 희망찬 미래를 그려간다면 더할 나위 없이 좋겠다.

냉소적인 태도는 편리하지만
그곳에 머물면 우리는 서로 만날 수 없다.
서로의 어린 왕자가 만나서 대화하게 하자.

손을 내밀어야 맞잡지.
먼저 다가가

"'길들인다'는 게 무슨 뜻이야?" 어린 왕자가 다시 물었다.

"사람들은 거의 잊어버린 말이지. '관계를 맺는다'는 뜻이야. (…) 내 삶은 단조로워. 지루하단 말이지. 그런데 네가 날 길들인다면 내 삶은 햇살을 받은 것처럼 환해질 거야. (…) 저길 봐! 저기, 밀밭이 보이지? 난 빵을 먹지 않아. 밀이 전혀 필요하지 않지. 그러니 밀밭을 봐도 아무것도 떠오르지 않아, 슬프게도 말이야. 그런데 네 머리칼이 황금빛이잖아. 네가 날 길들인다면 두근거리는 일이 생길 거야. 이제 황금빛 밀밭을 볼 때마다 네가 떠오를 테니까! 밀밭을 스치는 바람 소리도 사랑하게 될 거고."

아이에서 어른이 되도록 계속 지속되는 감정이 있다. '외로움'이다. 바로 지금 외로움을 느끼고 있을 수도 있고, "난 외롭지 않은데?" 하고 항변하다가 뒤늦게 밀려드는 외로움에 꼼짝없이 갇혀버릴 수도 있다.

어린 왕자는 소행성 B612를 떠나 철새들에게 매달려 여행을 한다. 그리고 도착한 행성마다 친구를 찾는다. 술주정뱅이나 사업가가 아니라 대화가 통하는 친구, 삶을 함께 나눌 수 있는 친구를 찾는다. 여우에게 길들이는 비밀을 배운 후로는, 친구의 의미를 더 깊게 새기며 한 걸음씩 다가간다.

아이들이 모르는 친구와 얼마나 신속하고 자발적으로 친해지는지, 작은 손길을 내밀고 서로 알아가는 모습을 관찰해보면 매우 놀랍다. 처음 만난 아이들이 쭈뼛거리며 한 방에 자리 잡고 앉아서 함께 식사하다가, 참을 수 없이 어색한 15분만 지나면, 해 질 녘 각자의 집으로 돌아가라고 해도 서로 떨어질 줄 모른다.

어린 아이의 마법의 순간이다. 어떤 제한이나 장벽을 순식간에 없애고, 서로를 길들이는 첫 걸음을 내딛는다.

고백하건대 어른들은 스스로 만들어온 자아상을 지키려고 온갖 보호장치, 관습, 사회적인 이미지를 체득하고 있다. 어른 셋이 한 방에 모인 상황을 떠올리면 금방 이해될 것이다. 그들이 15분 안에 진심으로 마음을 나누고 가식 없이 웃을 수 있을까? 표면적인 예의와 대화 정도가 최선이리라.

자발성.

상대방에게 먼저 다가가는 것만으로도 진실한 관계 맺기를 시작할 수 있다는, 이 단순한 진리를 우리는 잊고 산다.

왜 이렇게 되었지?

갈수록 우리는 스스로를 작은 세상에 가둔다. 왜 이 무한한 미지의 우주를 향해 창을 열지 않지? 돌발 상황이 두려워서다. 모든 경우의 수와 모든 안전이 보장되기를 바라기에, 오늘도 우리는 혼자다. 거의 모든 사람이 외로운 삶을 택한다.

그런데 어린 왕자는 기회가 생길 때마다 우리 영혼의 문을 끊임없이 두드린다.

"그를 만나요! 가서 만나라고요! 뭘 기다리나요?"

두려움? 부끄러움? 무기력? 부족함?

순간순간 우리는 어떻게 버티고 있지?

성장한다고 막연히 믿기에 인생의 핵심을 너무 쉽게 버렸다. 학창 시절 10분의 쉬는 시간이면 가능했던 교류의 능력, 친교의 능력을 잃은 것이다.

다들 무슨 말인지 이해했을 테지만, 그렇다고 곧바로 고칠 수 있을 리 없다. 그저, 모든 만남과 대화에 열린 마음으로 임하는 것만으로 첫걸음은 뗀 것이다. 그렇다, 이것은 우리가 공포심으로 만들어온 금기들을 깨기를 요구한다. 용기와 결단이 필요하다.

그렇다면 최소한의 위험은 감수한다지만, 상대방에 대한 확신이 없는 상태에서 첫 대화를, 새로운 만남을 어떻게 열까?

어린 왕자가 친구를 만나던 모습을 떠올려 보라. 우리가 아이 때를 상기해 보라. 먼저 다가가서 인사를 건네고, 나를 정직하게 드러내고, 상대의 말을 편견 없이 듣고, 함께 좋아하는 놀이나 대화를 선택해 어울려 놀았다. 그러다가 어느새 시간이

이렇게나 흐른 것에 깜짝 놀라고, 활기차고 명랑한 기분으로
아쉬움을 가득 안고 헤어지리라. 그러면 밀밭을 보면 떠오르
고 3시부터 마음이 설레는 친구를 만든 것이다.

네 생각은 어때?

홀로 행복할 수 없는 건 아니지만
함께 나누는 행복을 대체할 순 없다.

뭐든 꽉 채우면 터져.
시간에도 마음에도 여유를 둬

그는 갈증을 잠재우는 효과가 있는 신약을 팔고 있었다. 일주일에 알약 하나만 먹으면 물을 마시고 싶은 욕구가 사라진다고 했다.

"아저씨는 왜 이 약을 팔아요?"

"시간 절감 효과가 어마어마하거든. 전문가들이 계산을 해봤어. 일주일에 53분을 벌어준다."

"그 53분 동안 뭘 할 건데요?"

"원하는 걸 하겠지."

어린 왕자는 생각했다. '나에게 53분이 있다면 천천히 샘이 있는 곳으로 산책하듯 걸어갈 거야.'

그때는 늘 한가하고 태평하고 즐거웠다. 시간 가는 줄 모르고 놀다가 하늘이 어둑해지던 시절. 홀로 방에서 장난감들로 만들어낸 대모험 이야기에 푹 빠져서 놀다가 "저녁 밥 먹어라" 하는 소리에 정신을 차리곤 했다. 주방에서 소리가 여러 번 들리면 이제는 정말로 가야 할 시간. 그러면 이야기를 서둘러 마무리하느라 영웅들에게 급히 성을 되돌려주었다.

그리고 다시 부르는 소리가 들려오면 단 1분도 기다려주지 않는 어른들의 시간 속으로 들어갔다.

아이들은 특별한 능력을 지녔다. 시간을 툭 움켜잡는 능력!

어른은? 어른은 시간을, 세심하게 조절해서 유익하고 수익성 있게 쓰이는 식료품처럼 취급한다!

어른은 자신이 짜놓은 시간표 속으로 걸어들어간다. 그렇게 자발적으로 노예가 되고 감옥에 갇힌 죄수로 전락한다.

'시간을 벌려고' 갈증을 잠재우는 약을 개발하는 모습은 낯설지 않다. 우리는 이미 수많은 발명품들, 신기한 스마트폰 앱들을 사용하고 있다. 오직 '시간 절약'을 목적으로.

그렇게 번 시간을 어떻게 쓸까? 다른 활동들에 써야지. 더 생산적으로 써야 하니까 분, 초 단위로 쪼갠다. 할 일이 너무 많다. 그래서 시간을 절약해야만 한다. 달력에 선을 긋고, 일주일을 압축하고, 하루를 옥죈다.

대체 왜 이렇게까지? 이 병적인 허기는 어디서 오는 걸까?

심지어 휴가 일정조차 꽉꽉 '채우려' 한다. 무위(無爲)의 편안함이 놓여야 할 시간을 '새벽 일출(을 보며 웅장한 각성), 이후 줄줄이 새로운 방문지(에서의 발견)' 등으로 채운다. 식물처럼 뙤약볕 아래 줄을 서서 점심을 먹고, 뒤에서 밀려오는 군중에 밀려 잠깐도 멈추지 못하고 시스티나 성당의 천장벽화를 흘끗 본다. 끝나지 않았다. 시간을 더 압축해서 도자기 체험과 살사 수업에 가고, 짬이 날 때마다 이곳저곳을 두루 산책한다.

활용, 절대적으로 활용해야 한다!

안 된다! 즐거움도 없이, 여기저기 기웃거리고 이런저런 활동을 하고 이미 폭발 직전인 삶을 더 꽉꽉 채우려고만 해서는 안 된다!

뜻밖의 바이러스로 갇혀 지냈던 지난 2년을 되돌아보자. 처음에는 예전에 하던 일들의 절반도 못 하는 것에 분노와 무기력을 느꼈다. 그래서 하는 수 없이 낮잠으로 며칠을 보내다가 요리, 대청소, 정리정돈 등의 일감을 찾아내고 아이들과 놀아주기를 일과에 넣는다. 하지만 또 며칠만에 모든 전기 코드까지 면봉으로 깨끗하게 닦고 텔레비전 프로그램을 줄줄 꿰게고 나면 또다시 무력감이 덮친다. 또다시 독서 리스트를 작성하고 운동 시간표를 짜고…….

하지만 결국에는 시간의 공백을 강제적으로 받아들이게 되었다. 간헐적으로 개시되는 격리 생활이 몇 달씩 이어지다 보니 그저 감내하는 것이 아닌, 어제까지 폭발할 것처럼 꽉 찼던 우리의 달력을 비워내고 차분하고 고요한 시간을 즐길 수 있게 되었다.

예정에 없던 격리 생활이었지만, 우리는 강제로 삶의 시간을 회복할 수 있었다! 가족과 함께하는 기쁨, 시간이 없다는 이유로 미뤄두었던 열정들을 재발견했다. 밥벌이의 고단함이

나 의무감 없이, 어린 시절 '오직 즐거워서 했던 활동이나 식사' 시간을 가졌다.

'내가 원할 때 내가 원하는 것을 하는 능력'을 되찾았다!

그것만으로도 간단히 삶의 시간을 되찾았다. 미래를 위해서 이 경험을 잊어서는 안 될 것이다.

술에 취해서 흥청망청하는 기쁨보다, 어린 왕자처럼 샘으로 신선한 물을 마시기 위해 산책하는 기쁨이 더 가치 있다!

이 격리 기간의 기억을 잊지 말자. 그러면 예전처럼 마음이 조급해질 때마다, '생산적인 시간'이라는 압박에 끌려다니지 않고 삶의 시간을 주도적으로 살 수 있지 않을까?

네 생각은 어때?

시간은 내가 마음먹은 대로 흐른다.

인간은 유한한 존재니까
이 말을 꼭 기억해야 해.
"급하게 살려고 하면
마지막 순간도 급하게 온다."

날 모르는 이들의 험담에
신경쓰지 마

소행성 B612는 1909년 터키 천문학자의 망원경에 단 한 번 포착된 적이 있었다. 그는 국제 천문학회에서 그 행성의 존재를 증명해냈다. 하지만 그의 복장 때문에 아무도 그를 신뢰하지 않았다. 어른들은 늘 그런 식이다.

터키의 한 독재자가 유럽식으로 옷을 입지 않으면 사형에 처하겠노라는 명령을 내렸다. (…) 결국 천문학자는 1920년에 우아한 차림을 하고서 다시 발표를 했다. 이번에는 모두가 그의 발표를 신뢰했다.

"나는 왜 잘생기지 않았지?"

내가 기억하기로, 이것이 아마도 내가 나에게 자문했던 최초의 철학적 질문이었다. 4살 때였나, 집의 울타리에 매달려서 골목길 풍경을 구경하고 있는데 담벼락 아래로 종종 지나가곤 하던 청년들이 "야, 너 참 못생겼다" 하고 놀렸다. 미성숙한 잔인함을 이해하기에는 너무 어렸던 나는 화가 나서 황소처럼 울타리를 흔들며 동네가 떠나가라고 소리쳤다. "왜 나는 잘생기지 않은 거야?"

어른입네 하는 이들의 경솔함, 소위 '자의적 판단'이라는 어리석음은 그들의 다리 길이가 자라는 속도와 같이 성장한다. 왜 나를 그런 식으로 공격했을까? 나는 울타리 너머의 세상, 속하고 싶고 따르고 싶은 그 세상을 엿보고 있는 아이였을 뿐인데.

남들의 평가, 그 일그러진 메아리의 거울을 마주하는 일은 가장 보드라운 유년기부터 주름진 장년기까지 계속된다. 피할 수 없는 일이다. 나의 모든 말과 행동에 단두대의 칼처럼 무거운 시선이 싹뚝 떨어진다. 정해진 선 밖에서 꼼지락거리는 건 발가락뿐이다. 심지어 내 경험처럼 이렇게 단순하고 유치한 말에도, 얼어붙어서 그저 발가락만 꼼지락거리게 된다.

남들의 평가는 그 평가의 실체, 중요성이 검증될 때까지 실재하며 우리를 지배한다.

어린 왕자가 고향별을 떠나서 처음으로 만났던 왕은 여러 가지 이유로 평가하고 단죄한다. 하품을 하면 단죄하고, 해가 제 시간에 지지 않으면 단죄하고, 어린 왕자가 멋대로 떠나면 단죄하겠다고 말한다. 심지어 어린 왕자에게 늙은 들쥐에게 사형 선고를 내려서 단죄해보라고 권한다.

무엇을 위해서? 겉으로만 화려한 왕의 곁에서 한 자리 얻고 몇 푼짜리 인정을 받은들 무슨 의미가 있을까? 왕의 제안에 대해 어린 왕자는 이렇게 대처했다.

왕이 자신의 권력으로 텅 빈 행성에 머물라고 명령했다. 이 권력은 타인을 함부로 평가할 수 있는 장소를 제공하겠다고 말한다. 또한 어린 왕자 자신과 고향별인 소행성 B612, 왕의 행성까지도 평가해보라고 강요한다.

어린 왕자는 이 권력에 반응하지 않았다. 그냥 내버려두었다. 그것이 어떤 힘이었든 그에게는 영향력이 없었다. 그럼으로써 어린 왕자는 왕의 평가, 다른 이들의 평가, 쥐에 대한 쓸모없는 평가에서 자유로웠고 심지어 이 권력의 존재로부터도 자유로웠다.

살면서 우리는 다양한 도전에 임하고, 또 자주 실패와 실수에 직면한다. 하지만 도전하고 실수했다는 자체로도 우리는 강한 존재다. 남들로부터 이러쿵저러쿵 평가를 받을 이유가 없다!

어린 시절 그날로 돌아가본다. 나는 "왜 나는 잘생기지 않았지?"라는 무의미한 질문에 대해 대답을 생각할 필요조차 없었다. 나는 존재만으로도 가치 있고, 강인한 의지와 무한한 가능성을 지닌 사람이기 때문이다.

우리를 객관적으로 평가할 수 있는 존재는 우리 자신뿐이다. 자신의 행동에 대해 그 행동을 객관적으로 바라볼 충분한 통찰력을 갖췄을 때, 우리는 진정으로 남들의 시선에서 자유

로워질 것이다. 우리의 존재를 지배하려 하는 가짜 권력을 손
으로 지워버리는 것이다.

함부로 권력을 부여하는 것은
그의 영향력 아래로 들어가는 것이다.

❊ 막다른 길이야, 다 끝났어 ❊

길이 끊기면 날개를 그려서 날아.
논리를 뛰어넘어

"별들이 아름다운 건 눈에 보이지 않는 꽃 한 송이 때문이야."

"물론이야." 나는 달 아래 너울거리는 모래 습곡들을 잠잠히 바라보았다.

"사막은 아름다워." 어린 왕자가 덧붙였다.

사실이었다. 나는 언제나 사막을 사랑했다.

우리는 사막의 모래 언덕에 앉아 있었다. 아무것도 보이지 않는다. 아무것도 들리지 않는다. 그런데 그 고요함 가운데 무언가 빛나고 있다……

"사막이 아름다운 건 우물을 숨기고 있기 때문이야."

아이들이 인형 놀이를 하며 이야기를 만들어내는 모습을 보다 보면 감탄이 절로 나온다. 이런 식이다. 기사가 말을 타고 도착해야 하는데 말이 없다든지 하는, 이야기 전개에 꼭 필요한 소품이 하나 부족할 때 그들이 어떻게 하던가? 놀이를 그만둘까?

천만에! 아예 이야기를 바꿔버린다!

"말이 없다고? 다른 방법으로 가면 돼!"

말이 없다는 사소한 이유로 아름다운 이야기가 끝나버릴쏘냐! 기사는 즉시 쿠션으로 높게 쌓은 산 사이로 구불구불 흐르는 강을 배를 타고 건널 것이다.

아이들의 소꿉장난은 엄청나다. 현실에서 다른 수단을 찾아내도록 하는 엄청난 힘이 있다. 말이 꼭 있어야 한다고 몇 시간씩 확신했으면서, 이야기를 진행시키기 위해 순식간에 말을 포기하고 간단한 해결책을 찾아낸다.

이 역학을 어른의 세계로 옮겨온다면?

회사에서 프로젝트를 진행할 때 퍼즐 한 조각이 부족한 경우를 떠올려보자. 프로젝트 전체가 멈추고 그 작은 조각이 임무 완수의 절대적인 열쇠로 부각된다. 그래서 그 없는 조각을 찾는 데 집중한다. 그 조각이 필수가 아니거나 심지어 존재하지 않을 수도 있는데, 그 순간 프로젝트의 목표는 잊고 조각만이 초미의 관심사다.

등산화 속 돌멩이 같다. 돌멩이가 너무 거슬려서 맑은 공기와 아름다운 경관을 가슴에 담지 못한다. 직진만 하는 로봇도 떠오른다. 벽에 부딪히면 2미터 후진하기를 무한 반복한다. 바로 10센티미터 옆에 출구가 있는데.

아, 어른들은 무엇을 찾는지 모를 때, 이야기는 줄거리를 잃고 프로젝트는 목적을 잃고 제자리를 맴돈다.

대단히 이성적이고 성숙한 우리의 눈은 쳇바퀴를 빠져나가지 못하고 맴돈다. 꽉 막힌 우리의 생각들은 뫼비우스의 띠처럼 매우 고차원적인 듯한데도 같은 궤도만 뱅글뱅글 돈다.

아이들은? 이야기가 막다른 길에 몰렸을 때, 돌연 획 돌아서 간다. 어떻게 그럴 수 있느냐고? 모든 선택사항, 모든 가능성에 열려 있기 때문이다. 한마디로 창의적이다.

원하는 대로 이야기가 흘러가지 않을 때 아이들은 해결책을 눈이 아닌 마음으로 찾고 그 마음은 서사에 날개를 그려준다. 논리와 이성을 뛰어넘는, 창조적이고 비이성적인 도약이다.

이런 식이다.

"그가 악당을 도끼로 죽일 거라고 하지 않았니?"

"그랬는데, 그 악당은 위대한 마법사의 제자였으니 불도 쏠 줄 알아요. 봐요, 이렇게요!"

"아, 그랬구나, 불을…… 그래도 애야……."

우리는 모두 한때 아이였다. 창의력이 샘솟는 아이였다. 그런데 자라면서 '부족한 상상력과 창의력을 지식으로 보완하는 것'이라고 믿으면서 '없을지도 모를' 조각을 찾아헤매느라 온 시간과 노력을 쓴다.

창의력의 마법은 그렇게 '찾는' 게 아니다.

'발견'하는 것이다.

이성이 아니라 마음으로!

논리가 아닌 우리가 느끼는 것, 깊이 느끼는 것을 따라라.

어린 왕자의 속삭임을 들어라.

"아이들만이 그들이 무엇을 찾는지 알고 있다."

논리로만 찾아헤매지 말자.
자연스럽게 보이는 것이 해답일 수 있다.

내게 필요한 것들은 종종
예상치 못한 장소에서
눈에 띈다.

자유란, 홀로도 함께도 편안한 마음

"아무도 모르는 비밀을 말해줄게. 아주 간단해.

마음으로 봐야 보인단다. 중요한 건 눈에 보이지 않거든. (…)

네 장미가 중요한 존재가 된 건,

네가 장미에게 들인 시간 때문이야. (…)

잊지 마. 네가 길들인 대상에 대해 넌 영원히 책임져야 한다는 걸.

넌 네 장미를 책임져야 해."

"나는 내 장미를 책임져야 해."

잊어버리지 않으려고 어린 왕자는 되뇌었다.

자유는 깨닫는 것이 아니라 경험하는 감정이다. 어린 시절에는 자유의 호수에서 맘껏 헤엄친다. 아이들은 자유를 의식하지 않고 자유에 대해 말 한마디 할 줄 모르면서 자유롭게 살아간다.

가정과 학교의 규칙들에 구속받기 시작하면서 자유를 의식하는데, 그때도 자유에 대한 족쇄로 생각하지 않고 그저 따라야 하는 규칙으로 받아들인다. (대개는 그렇다!)

한마디로, 아이들은 자유를 의식하지 않고 자유롭게 살아간다. 원하는 것을 하고, 놀고 자고 꿈꾸고 상상 속 세상으로 떠난다. 싫다고 말할 자유, 듣지 않을 자유, 원치 않는 것에 신경쓰지 않을 자유가 있다. 그 반대로, 원할 때는 언제든 어디에서든 누구에게든 모든 걸 생각하고 모든 걸 행할 수도 있다.

어른들은 이런 자유를 누리지 못한다. 자의든 타의든 오랜 시간에 걸쳐 수많은 제약들에 묶이며 '불가능'을 경험했기 때문이다.

어린 왕자도 제약을 배운다. 여우로부터.

"잊지 마, 네가 길들인 대상에 대해 넌 영원히 책임져야 한다는 걸. 넌 네 장미를 책임져야 해……."

책임을 지다니, 자유에서 한 발 후퇴한다는 뜻이 아닌가.

하지만 독립적이고 책임감 있는 어른이 되려면, 자유를 조금은 잃어야 한다. 친구, 가족, 자녀에 대한 책임감은, 마치 아이들이 반드시 따라야 하는 가정과 학교의 규칙처럼 우리 인생에 유익한 의존성이다.

이 규칙들은 자유를 침해하는 게 아니다. 삶을 구성하는 이 엄선된 의무들은 감정을 구속하려는 목적이 아니니까. (만약 구속된다고 느낀다면 이 의무들을 재검토해봐야 한다.)

어린 왕자가 생각하던 '자유'의 형태는, 양을 말뚝에 묶어두기를 거부할 때 표현된다. 그는 모든 감금과 자유의 박탈을 거부한다. 게다가 어린 왕자가 별을 떠나는 여행, 미지의 탐험에 나설 때 누군가에게 허락을 구했던가? 아니다. 그는 다시 돌아오지 못할 수도 있는 여행, 대단히 위험천만한 여행을 떠나는 문제도 전적으로 자유 의사로 결정했다.

그랬다가 여우의 말을 듣고 처음으로 후회에 휩싸였다!

사실 어른이 된 우리들은 여우를 만나기 이전의 어린 왕자처럼 행동한다. 그런데 누군가가 삶에 스며들어서 큰 부분을 차지하게 되면, 때로는 아주 사소한 행위와 몸짓들까지 그에게 보고하게 된다.

'아, 나의 존재와 행동의 자유가 죽어버리려는 순간이다! 자유의 죽음이 이제 막 시작되었다는 경고다! 이거 정말 큰일 아닌가.'

진정하고, 어린 왕자로 되돌아가 보자. 오랜 여행 끝에 어린 왕자는 진정한 자유를 깨달았다. 그것은 바로, '함께하면서도 홀로 있을 수 있고 홀로 있으면서도 누군가를 책임지는 것!'

"아저씨, 내 장미 말이야…… 난 그 꽃을 책임져야 해."

이제 그는 친구가 구속하는 사이가 아니라, 홀로도 함께도 편안한 사이임을 안다. 자유는 서로 나누는 것이다.

아이들에게 국경 없는 상상의 세계가 있듯이 우리 모두 그 안에서는 자유를 느끼는 비밀 정원을 갖고 있다. 내가 길들이기로 마음먹은, 혹은 내가 길들기로 마음먹은 사람들, 그리고 삶의 자유를 함께 키워나가려고 내 정원 안으로 받아들인 사람들을 환영하기 위해 그 비밀 정원의 벽을 허물지는 나 자신에게 달려 있다.

의존하기로 결심할 수도 있고
길들이기를 선택할 수도 있다.
형태만 다를 뿐 모두 자유다.

꿈은 원래, 실현되기 전까지는
이해받지 못해

어린 왕자와의 추억을 이야기하면 나는 슬픔에 휩싸인다. 내 친구가 양을 데리고 떠나버린 지도 벌써 6년이나 흘렀다. 지금 여기에서 그 아이를 그려보려고 애쓰는 것은 그를 잊지 않기 위해서다. 친구를 잊는 것은 슬픈 일이지 않은가. 모두가 그런 친구를 가질 수 있는 것도 아니고. 나 역시 숫자와 자기 자신만 아는 어른이 되어버릴 수도 있었다.

"모두를 기쁘게 할 수는 없다."

그렇지. 우리는 격하게 고개를 끄덕인다. 하지만 이해받는 게 아무래도 더 기쁠 것이다. 당연히.

비행기가 고장나서 사막에 불시착했던 비행사는, 공교롭게 자신의 도둑맞은 꿈을 자각하며 사는 어른이었다. 보아뱀 그림을 이해받지 못한 첫 번째 좌절 이후, 그는 나름대로 세상 사람들의 눈높이에 맞춰 살려고 노력했지만 매순간 어긋남은 계속되었고, 그때마다 "모자 그림은 그만 그리고 공부나 하라"고 야단을 들었다. 어린 마음에 씁쓸했으리라. 결국 몇 차례의 시도와 좌절의 경험 후에 그는 이해받으려는 기대를 아예 접었다.

어른이 된다고 마음속에서 꿈과 상상이 완전히 소멸하는 게 아니다. 하지만 대부분의 사람들은 한구석 벽장에 몰아넣고 문을 닫아버린다. 그렇게 하지 못하고 여전히 꿈을 꾸며 말할 때, 그래서 남들의 감성과 이해에서 벗어나는 아이디어나 계획을 설명해야 할 때, 그는 방해꾼들에게 둘러싸여 있다고 느낄 수밖에 없다. 꿈꾸는 이들은 남들처럼 쉽게 변할 수 없어서 매우 힘겹다. 하지만 그들은 부러지지 않고 강인하게 버텨낸다. 이런 태도 덕분이다.

"내가 이해받지 못할 수도 있지. 중요한 건, 저들이 틀렸고 내가 옳을 때 내 생각과 마음을 잘 지켜내는 거야."

이해받지 못함을 받아들이는 건, 정당한 비판까지 거부하겠다는 게 아니다. 비웃거나 비꼬는 냉소로 대적하겠다는 것과도 다르다. 윗사람이든 동료들이든 소위 여론이라고 불리는 것의 무게에 짓눌리는 것이 아니다. 그들이 대단히 뛰어난 업적을 자랑하는 인재들이라고 해도.

그저 자기 자신에 (자기 자신의 선한 의지와 욕구에) 충실하겠다는 다짐이다. 나를 꿈꾸게 하고 웃게 하는 것들에 항상 마음을 열어두겠다는 의지일 뿐이다.

험상궂은 표정으로 팔짱을 끼고 나를 내려다보는 이들은,

아무리 막대기를 들고 위협적으로 맞서도 나의 선의를 이해시킬 수가 없다. 이런 상투어를 붙잡고 위로 삼을 수밖에.

"한 사람에게 이해받지 못하거나, 천 명에게 이해받지 못해도 괜찮다. 단, 천 명 모두에게 단 한 번도 이해받지 못하는 건 곤란하다."

이해받지 못함을 받아들이면, 놀라운 변화가 생긴다. 꿈의 파괴자들로 점찍었던 이들의 뾰족한 창끝이 의외로 무디게 느껴진다. 세상에서 가장 선한 의지라고 자부했던 일에 누군가 반대 의견을 내도 무덤덤해진다.

이해받지 못함을 받아들이면, 움츠러들고 숨는 일을 그만둔다. 자신의 꿈, 계획, 소망을 설명하기 위해 필요한 말들을 생략하지 않고 끝까지 발언한다. 어떤 꿈도 없고 공통점도 없는 검열관들 앞에서 머리를 조아릴 필요가 없다.

곰곰이 생각해 보라. 분야를 막론하고 혁신적인 기업가나 창의적인 예술가, 창조적인 발명가가 심지어 분야가 다른 경우라도 다른 창작자의 프로젝트를 비웃거나 망쳤다는 애기를 들은 적이 있는가? 꿈꾸는 이들은 다른 꿈꾸는 이들을 들어주고 도와준다. 왜 아니겠는가. 누구보다도 이해받지 못하는 꿈과 그 외로움을 잘 이해하는데.

그러니 기꺼이 이해받지 못하는 이가 되어라. 꿈꾸는 이가 되어라. 당신이 아직 빚어지고 있는 동안 그들이 당신의 태양이 되어줄 테니까.

네 생각은 어때?

여전히 마음 한 구석에서 꿈틀거리는 꿈들을
인정해주자. '유치하면 어때? 황당하면 어때?'
내가 나를 인정해주면 외부의 시선에 무뎌진다.

신발장에서
양 울음소리를 들어야 해

"이건 양이 사는 상자야. 네가 원하는 양은 그 안에 있어."

꼬마 재판관의 얼굴이 환해지는 걸 보고 나는 무척 놀랐다.

"내가 바라던 바로 그 양이야! 얘는 풀을 어마어마하게

많이 먹어?" "왜 그런 걸 묻니?"

"내가 사는 곳은 모든 게 작거든."

"풀은 충분해. 내가 그린 양은 아주 작거든." 내가 말했다.

그는 고개를 숙여 그림을 보았다.

"그렇게 작지 않아…… 봐! 양이 막 잠들었어!"

마법. 모자에서 토끼가 튀어나오고, 동전이 귓등에서 튀어나오고, 세 토막으로 잘렸던 몸통이 다시 합체되어 살아나고…… 세상에, 눈이 핑핑 돌아가게 신기했던 그 순간!

마법은 어린 시절 아이의 절대적인 진리고 종교다. 마법이 존재한다고 믿던 시절, 내가 마법을 지녔다고 믿었을 때는 과감했다. 꿈꾸는 모든 것들이 실현될 줄 알았고, 어른들 세상을 뛰어넘는 현실이 있는 줄 알았다.

이 우주에 불가능한 건 없어 보였다. 마법으로 이 세계 너머를 보았고, 보이지 않는 것을 인식했고, 그 범위를 무한히 확장했다. 밤하늘에 코를 박고 보석(별)들을 보았고 손가락으로 가리키며 언젠가 가보리라 다짐했다. 수평선 너머의 바다가 감추고 있는 보물섬들도 가리켰다.

매혹은 보이지 않는 부분에서 온다.

표면은 누구나 본다. 어른도 본다. (측정되고 계산되고 수치화되니까.) 구체적이고 명확하고 식별할 수 있는 겉모습은 안정감을 준다.

하지만 자로 잰듯 딱 떨어지는 세상의 겉모습이 큰 행복을 줄까? 모두의 눈앞에 펼쳐져 있어서 더 이상 기다리거나 기대할 것이 전혀 없을 때 말이다.

첫눈에 이상적으로 아름다운 외형에 감탄했는데, 이면이 텅비었다면 혹은 아름답지 않다면 그저 잠깐 구경하는 관광지 엽서처럼 된다. 관광지의 기념품숍에서 이리저리 돌려가면서 고르는, 쉽게 넘겨버리는 엽서 말이다.

공허한 영혼과 지성을 지닌 이들, 어떤 의욕도 없는 이들처럼. 완벽한 외형은 움직이는 껍데기에 불과하다.

마법이라니, 이 바쁜 세상에 너무 허무맹랑한 얘기 같은가? 상상력을 거부하면, 우리는 이 삶과 세상 속에서 슬픔과 권태만을 불러오는 차갑고 경험적인 시선에 자신을 가두기로 결정하는 것이다.

사람들 각자의 내면과 이 현실 너머를 보려고 시도하면, 다시 모든 것을 발견하고 감탄하는 능력이 되살아난다.

"만약…… 만약…… 만약……."

이 질문들을 반복적으로 던지면서, 서서히 가능성이 싹트고 얼굴에 아이의 웃음이 퍼져가리라. 이 아이는 손가락으로 또 다른 가능성이 있는 거울의 다른 쪽을 건드린다.

사실 우리의 삶은 치열하기 때문에, 마음 깊이 잠들어 있던 내면의 어린 아이를 깨워서 비현실과 투영, 미스터리를 듣고 있을 시간이 없다. 하지만 상상력과 마법을 두 팔 벌려 받아들이면, 세계가 경이롭게 확장되는 경험을 하게 된다. 과감히 시도해봐야만 알 수 있는 놀라운 마법이다.

여섯 살 때 속이 보이는 보아뱀과 안 보이는 보아뱀을 그린 게 전부면서 지금 이 나이에 다시 그림을 그린다는 게 얼마나 힘든 일인지 알 것이다. 가능한 한 어린 왕자와 닮은 초상화를 그리려고 최선을 다하겠지만, 잘해낼 자신은 없다. (…) 내 친구는 아마도 자기와 비슷하게 그려줄 거라고 나를 믿고 있었으리라. 하지만 나는 안타깝게도 상자 속에 들어 있는 양을 보는 법을 알지 못한다. 어느 정도는 다른 어른들과 비슷해졌기 때문이다. 분명 나이를 먹은 것이리라.

나이를 먹었으면 어떠랴. 상자를 꿰뚫어 여전히 양을 본다는 것은 우리 삶 속 순수한 마법의 작은 손길을 되찾기 위한 어린 왕자의 모든 제안과 약속이다.

문 옆에 신발장을 바라보다가, 나는 문득 양이 우는 소리를 들은 것 같다.

삶은 사실 마법이다.
그걸 모르는 게 안타깝다.

숫자 말고,
별의별 기준을 만들어

어른들은 묻는다. "그 애는 몇 살이니? 형제는 몇 명이고? 몸무게는 몇 킬로그램이지? 아버지 수입은 얼마나 되니?" 그런 사실들을 알아야 그 아이를 제대로 안다고 생각한다. 어른들에게 "아름다운 장미색 벽돌집을 봤어요. 창문에는 제라늄 화분이 놓여 있고 지붕에는 비둘기들이 앉아 있고요……" 하고 말해보라. 그들은 그 집이 어떻게 생겼는지 결코 상상하지 못할 것이다. 이렇게 말하면 효과가 있다. "10만 프랑짜리 저택을 봤어요." 그러면 그들은 "정말 멋지겠구나!" 하고 소리칠 것이다.

아이들은 매우 쉽게 친구를 만든다고 이미 여러 차례 언급했다. 상대가 어떤 사람인지 전혀 몰라도, 부드러운 눈인사조차 나누기 전의 수줍은 몇 초면 충분하다.

어른들은 이런 편리함을 잃었다. 판단 기준표가 생기고, 거기에 철책까지 세워지고, 시간이 갈수록 철책이 점점 더 두껍고 높아진다.

어른들은 수치화하는 인식법을 맹신한다. 측정(수량화)이 가능한지, 이성적이고 합리적인지, 그리고 무엇보다도 돈이 될지를 따지는 시선으로 세상을 바라본다. '이자는 내게 이익이 될까?'

심지어 아름다움을 느낄 때도 그렇다. 여기 명화라고 일컬어지는 그림이 있다고 치자. 그 작품은 왜 명화일까? 당신이 좋아하는 색들이 있어서인가, 미술 시장의 평가에 당신의 안

목을 맞춰가는 중인가? 현대 미술을 감상할 때 이런 아리송함은 더 또렷해진다. (피카소의 『꿈』을 떠올려 보라.) 영 착오와 혼돈으로만 보이는 시각 정보들 앞에서 이런 의문이 든다.

이런 실험을 해보면 더 명확해지리라. '작가나 작품명을 알려주지 않고 대중에게 감상평을 묻기!' 꽤 흥미로운 결과가 나오지 않을까? 금지된 진실이 거침없이 드러날 테니까.

우리는 사회 생활을 하며 매일 수많은 사물과 사람 들을 만나서 판단하고 평가한다. 그러면서 자신의 인간관계와 경력 등을 보호하고 안심한다.

말하자면 이런 식이다. 첫 만남의 순간에 태도는 물론이고 옷, 차 열쇠, 신용카드 색깔까지, 상대방이 가난한지 부자인지 알려주는 신호들을 순식간에 종합해서 첫인상을 결정짓는다. 그리고 이미 숱한 경험을 통해 미세하고 견고하게 조정해온 기준에 따라, 그와의 친교가 나의 사회적 지위와 직업적 성공에 도움이 될지, 종종 만나도 좋을 성향인지 파악한다.

이런 방식은 안전하고 유용하다. 문제는, 이런 판단이 사람을 제대로 알기도 전에 자동으로 이뤄져버린다는 점이다. 개울가에서 물장난하는 아이처럼, 어느 정도의 손해를 각오해야 즐거움을 얻는데 아예 그런 가능성을 원천 차단한다.

그래서 "숫자 말고 다른 기준으로 평가하라"는 어린 왕자의 초대장을 기꺼이 받아들여야 한다. 이미 다들 체감하고 있을 것이다. 편하려고, 안전하려고 세운 판단 기준의 철책 때문에 인생에서 가슴뛰는 새로운 경험들이 점차 사라지고 있다는걸. 수량적 시스템에는 명백한 한계가 있다!

누구나 삶에서 빛나는 황금을 찾고 싶다. 기분 좋은 충격, 놀라운 발견에 목마르다. 그러나 두터운 모래층을 일일이 체로 걸러보지 않으면 어떻게 사금을 찾을까?

오늘 새로 만난 이에게 이제껏 사용했던 수량적 기준과는 다른 가치들을 적용해 본다면? 별로 어렵지 않다. 마음만 열면 된다. 마음을 활짝 열고서 호기심이 이끄는 대로, 마음 가는 대로 대화하면 된다.

안타깝게도 오늘날은 돈이 거의 모든 것을 포괄하는 궁극의 가치를 지녔다. 하지만 돈 자체는 진정한 부가 아니다! 그저 현상의 지표일 뿐임을 결코 잊으면 안 된다.

돈으로 서로 화려한 것들을 뽐내면 더 행복해질까?

새로운 시도를 않고, 화려함을 기준표에 따라 평가하면 더 행복해질까?

여우가 어린 왕자에게 알려준, 어린 왕자는 다시 우리에게 전해준 이 비밀을, 내일 아침에 눈을 뜨자마자 중얼거려 보라.

"마음으로 봐야 보인단다. 중요한 건 눈에 보이지 않거든."

이제껏 '진리'로 적용해왔던 기준들을 조금 지우고, 선험적으로 확신하고 자의적으로 내렸던 평가들에 다른 기준을 던져본다면, 그 끝에 '새로운 친구(새로운 인간관계)'를 얻는 달콤한 기쁨을 맛보게 될 것이다.

네 생각은 어때?

내가 타인을 평가하는 철책은
결국 나를 가두는 철책이 된다.

금도 어두운 땅속
광산 깊숙이에서는
빛나지 못해.

마법은 믿음이야.
믿어야 이뤄지거든

"사람들은 누구나 별을 보지만, 별이 누구에게나 같은 의미는 아니야. 여행자에게 별은 안내자야. 다른 누군가에게 별은 그저 작은 빛에 지나지 않고. 학자들에게 별은 풀어야 할 숙제야. 내가 만난 사업가 아저씨에게 별은 금이겠지. (…) 아저씨가 밤마다 하늘을 볼 때 말이야, 내가 그중 한 별에 살고 있으니까. 그중 한 별에서 내가 웃고 있으니까. 아저씨는 마치 모든 별들이 웃고 있는 것처럼 느낄 거야. 아저씨는 웃을 줄 아는 별들을 갖게 된 거야."

자, 이제 어린 왕자를 만나는 여정도 슬슬 끝나간다. 지금 당신의 생각은, 이 책을 처음 펼쳤을 때와 비교해서 변했는가? 당신의 별을 찾았는가? 한눈에 알아볼 만큼 다시 빛나기 시작하는 별이 있는가?

그 별빛 속에 희망이 들어 있다. 높은 벽들이 햇빛을 막아올 때, 어둠 속에서 발견할 수 있는 별빛까지 막던 높은 벽들이 다가올 때, 삶 속에서 우리가 가질 수 있는 믿음이다.

다섯 살 때, 나는 불치병일지도 모를 심각한 병에 걸려서 병원 침대에서 꼼짝도 못하고 몇 주를 보냈다. 치료법이 없는 희귀병이어서 모두들 초조하게 나의 병과만을 지켜보며 기다려야 했다.

그러던 어느 날 할머니가 병원에 오셨는데, 루르드 지역에서 사제의 축복을 받은 물병을 가져오셨다. 하트 모양의 병이었다. 할머니는 내게 매일 한 모금씩 마시라고 말씀하셨다.

그때부터 나는 낫기 시작했다. 달리 한 일이라곤 그 물을 하루에 한 모금씩 마신 것뿐인데. 그리 크지 않은 병이었기에 물의 양이 줄어드는 게 보였다.

나는 한 모금마다 물의 힘뿐만 아니라 물병의 힘도 나를 낫게 한다고 확신했다. 물과 물병을 모두 언급하는 이유는, 물이 계속 다시 채워졌기 때문이다. 아무도 그런 말은 하지 않았다. 아마 식구들도 그 물병에 물을 담아 마시면 내가 나을 거라고 믿은 듯하다.

어쩌면 이것이 내가 이 책에서 당신에게 계속 말하고 있는 전부다.

믿음. 내가 나을 거라고 믿는 것. 마법이 작동할 때까지 굳건히 믿음을 지키는 일.

이 물병은 어린 시절 나의 빛나는 별이었다. 내가 벽들 사이에서 빠져나올 것을 이 별이 약속해주었다.

믿음의 힘은 막강하다(마치 종교처럼!).

어린 왕자는 그의 별을 믿었고, 다들 각자 자신의 별을 갖는다고 믿었다.

당신은 당신의 별이 어른이 되어서 사회에 첫발을 내디딜 때에도 지켜줄 것이라고 가슴 깊이 확신하는가?

믿지 않은 이들의 별빛은 꺼졌을 것이다. 하지만 시대를 초월하는 위대한 인물들은 신기하게도, 논리로 설명되지 않는 강력하고 심오한 믿음을 지녔었다. 그 믿음에서 영감을 얻고 마음속에, 삶 속에, 신 안에서 이 믿음을 지켰다.

믿음은 내 물병과 같은 것이다. 무엇을 믿느냐가 중요한 게 아니라, 더 나쁜 상황에서도 반드시 지켜가리라는 믿음이 중요하다.

내 얘기에 공감하기를 간절히 바라지만, 한편으로 몇몇은 고개를 절레절레 젓고 있을 것을 안다. 하지만 이제는 고개를 들어 당신의 별을 찾을 시간이다.

당신 내면의 아이를 억누르는 힘을 빼보라. 여전히 모든 것이 가능하다고 믿어보면 좀 어떤가. 잃을 게 무언가? 당신의 믿음을 방해하는 건 무엇일까?

당신 안에 혹은 삶 안에, 가장 좋은 이 약속 안에, 어떤 교리, 제한, 가르침이 당신의 길 위에 자리할 수 있는가? 어떤 것도 그럴 수 없다.

　오직 당신, 당신의 욕구, 당신의 용기, 당신의 빛나는 별만이 가능하다. 당신과 당신의 믿음만이 닿을 수 있다.

　하늘을 보는 것은 여전히 그의 별에 살고 있는 아이를 발견하기 위해 자신을 들여다보는 것이다.

어떤 일이 닥치든
우리에게는 늘 별 하나가 있다.

삶의 갈림길에서
웃으며 이별하는 법

"나중에 아저씨가 기운을 차리면 (시간은 모든 슬픔을 진정시키니까.) 나를 만난 걸 떠올리고 기분이 좋아질 거야. 아저씨는 언제까지나 내 친구일 거야. 나와 함께 웃고 싶어서, 행복한 기분을 느끼려고 가끔씩 창문을 열겠지. 그리고 이렇게 말할 거야. '별들을 볼 때마다 난 웃음이 나!' 그러면 친구들은 아저씨가 미쳤다고 생각할 거야. 내가 아저씨에게 짓궂은 장난을 친 거야. (…) 그러니까, 별들 대신에…… 웃을 줄 아는, 무수히 많은 방울들을 아저씨에게 준 거야."

어린 왕자는 언제 떠날지 결정했다. 슬퍼서 눈물이 나도 다 뒤에 남기고 앞으로 나가야 할 때를 알았다.

종종 내 의지가 아니라, 종착지가 보이지 않아서 불안해도 삶이 나를 다른 방향으로 밀어내기도 한다. 심지어 사랑하는 이들로부터 잠시 멀어지면서까지 떠나야 할 때도 있다. 그럴 때는 맞서도 소용 없다. 받아들이는 선택뿐이다. 머무는 고통, 떠나는 두려움 사이에서 망설여봐야 출발시각만 지체된다.

지금 당신이 몇 살이든, 당신에게 다시 영감이 찾아온다면, 어른의 삶 속에서 어린 시절의 오직 그 순수함을 절대로 잃어버리지 않기 위해서라도 시간이 되면 떠날 줄 알아야 한다.

마찬가지로 시간이 되면 떠나게 둘 줄도 알아야 한다. 자녀들이 공부, 일, 사랑을 위해 더 큰 세상으로 날아가려 할 때, 그들이 멀어지는 모습에 눈물이 흐르더라도 사랑하는 마음으로 놓아주어야 한다. 어쩌면 사랑하는 이들에게 해줄 수 있는 가장 아름다운 사랑의 몸짓이 아닐까?

어린 왕자는 떠남으로써 새 친구를 만났다. 양을 그려준 비행사를 만났고, 여우와도 친구가 되었다. 이제 그의 별로 돌아가서도 더 이상 혼자라고 느끼지 않을 것이다.

세상의 모든 것은 다 존재 이유가 있고 서로를 필요로 한다. 무리에 끼려고 가짜 친구를 사귀라는 게 아니다. 어린 왕자는 사업가나 술주정뱅이는 떠났다. 친구가 된 여우와도 이별하게 되었지만, 자신의 꽃과 화산들에 둘러싸여서 별들을 바라볼 때 더 이상 혼자가 아닐 것은 확실하다.

지구라는 별에서, 우리는 모두 지독하게 외롭다. 그러나 친구를 파는 상인은 없다. 오직 내면의 아이가 꺼내줄 수 있는 우정만 존재한다. 이 신성한 우정에 내기나 경쟁, 계산은 없다.

우정은 유일하게 진정으로 평등한 관계다. 우정에는 마음속 아이의 영혼, 그리고 최선을 다하는 진정성이 필요하다.

여우에게 그랬듯이 헤어지고 멀어지는 것은 결코 우정을 방해하지 못한다. 우리는 밀의 색깔을 늘 기억할 것이다.

네 생각은 어때?

삶이 보여주는 건
정답이 아니라 길이다.
그래서 가봐야 안다. 떠나봐야 안다.

눈길 닿는 곳 너머까지
길이 이어지고, 그 길 위에서
진리를 만나지. 그러니 너도 떠나서
삶의 의미를 발견하기를 기원해.

괜찮아, 쉬엄쉬엄 꾸준히 걸어가면 돼

정말 알 수 없는 일이다.

어린 왕자를 사랑하는 당신에게는, 내가 그랬듯이,

어딘가에서 낯선 양 한 마리가 장미 한 송이를 먹었는지

아닌지에 따라 우주가 완전히 달라진다니 말이다.

하늘을 바라보라. 그리고 스스로에게 물어보라.

'양이 꽃을 먹었을까, 아닐까?'

대답에 따라 완전히 다른 세상이 펼쳐질 것이다……

생 텍쥐페리의 헌사 "어른도 한때는 어린이였다. 어른들은 대부분 이 사실을 기억하지 못한다"로 이 책을 시작했다. 그래서 딱딱하게 굳은 기억의 껍질에 구멍을 뚫는 온갖 시도들 끝에, 지금 다시 고요히 어린 왕자(진짜 나. 내 마음)의 소리가 들리는지 귀를 기울여 본다.

아, 이제는 "아이들은 어른들에게 관대해야 한다(《어린 왕자》 4장)"라는 구절을 이해한다. 자아를 잃고 방황하는 마음들에 너그러워지고, 그 하소연에 언제든 귀를 열어두고 싶다.

나는 다시 새로운 소원을 적어본다. 어렵게 찾은 진짜 나(자아)와의 대화를 놓지 않겠다고 다짐한다.

자, 새로운 내일을 향해 걸어갈 시간이다!

따듯한 위로들을 기억하며
가슴 뛰는 미래를 그려가리라!

"오늘 나의 소망은…"

　'어디서부터 잘못된 걸까……' 하는 끝없는 자책과 고민과 불안을 내려놓았길 바란다. 당신은 당신 자신(자아)을 잃어버리지 않았다. 잠시 귀를 닫고 눈을 감았을 뿐, 진짜 당신은 여전히 마음속에 있는 걸 느꼈으리라.

　이제 다시 묻겠다. "오늘 나의 삶에서 가장 중요한 사람은 누구지? 가장 중요한 소망은 뭘까?"

1 ....
2 ....
3 ....
4 ....
5 ....
6 ....
7 ....

8 ....

9 ....

10 ....

예전 꿈들(7쪽)과 비교해보라.

비슷하거나 똑같은가? 이룬 꿈이 있는가? 못 이룬 꿈들은 포기하려는가, 더 노력할 텐가?

이제 과거와 현재를 종합해보라.

일관성이 혹은 변화가 감지되는가?

당신이 이룬 것, 아끼는 것, 다시 꿈꾸는 것은 무엇인가?

아끼는 것(계획이나 사람들)을 위해 하고 있는 일, 더 정성을 쏟아야 하는 일, 더 성장하기 위해 오늘 할 일을 적어라.

그것들이 당신의 행운의 열쇠이며 당신의 어린 왕자의 속삭임이다.

스스로를 믿어라. 어린 왕자가 귀에 속삭여주는 꿈들, 그가 새롭게 보여주는 모든 것을 믿어라.

그러면 별을 바라보는 어느 저녁, 당신의 별들과 어린 왕자의 별이 마치 마법처럼 나란해지는 것을 볼 수 있을 것이다.

옮긴이 홍정인

이화여대에서 불문학을 공부하고 출판편집자로 일했다. 《BTS : 서툴지만 진실되게, 두려워도 당당하게》를 번역했다.

어린 왕자가 읽어주는 내 마음

초판 1쇄 2021년 12월 10일

지은이 스테판 가르니에
옮긴이 홍정인

펴낸곳 더모던
전화 02-3141-4421
팩스 0505-333-4428
등록 2012년 3월 16일(제313-2012-81호)
주소 서울시 마포구 성미산로32길 12, 2층 (우 03983)
전자우편 sanhonjinju@naver.com
카페 cafe.naver.com/mirbookcompany

ISBN 979-11-6445-548-5 03860